U0450770

心弦
——泰戈尔诗选

[印度] 泰戈尔 ∠ 著
白开元 ∠ 译

外国名作家文集·泰戈尔卷

漓江出版社

图书在版编目(CIP)数据

心弦:泰戈尔诗选/[印度]泰戈尔著;白开元译. —桂林:
漓江出版社,2016.11
 ISBN 978-7-5407-7880-4

Ⅰ.①心… Ⅱ.①泰…②白… Ⅲ.①诗集-印度-现代 Ⅳ.① I351.25

中国版本图书馆 CIP 数据核字(2016)第164398号

心　弦
——泰戈尔诗选
[印度]泰戈尔　著
白开元　译

责任编辑：孙精精
书籍设计：石绍康
责任印制：杨　东

出 版 人：刘迪才
漓江出版社有限公司出版发行
广西桂林市南环路22号　邮政编码：541002
网址：http://www.lijiangbook.com
全国新华书店经销
销售热线：010-85893190
大厂聚鑫印刷有限责任公司印刷
（河北省廊坊市大厂回族自治县西大街　邮政编码：065300）
开本：880mm×1230mm　1/32
印张：6.25　字数：135千字
2016年11月第1版　2016年11月第1次印刷
定价：28.00元

如发现印装质量问题，影响阅读，请与承印单位联系调换
（电话：0316-8836866）

泰戈尔肖像

(1861—1941)

目录

·译序·

001　诗风掠过海洋和森林⊙白开元

（001）第一辑　飞鸟集

（055）第二辑　印度巨人及其他
　　057　印度巨人
　　060　恒河
　　063　创造·生存·毁灭
　　066　青春的梦幻
　　067　心座
　　068　丰乳

069 回忆
070 咏海
075 水路
079 猜疑
083 心之贾牟拿河
086 丰熟的八月
088 廉耻
092 不可摇撼的记忆
094 贫穷
095 羁绊
096 解脱
097 孟加拉母亲
098 月夜
102 都市之歌
106 生命之神
109 中年
110 干旱
111 被俘的英雄
118 悲怆的深夜
120 你的世界形象

目录

- 121 新鲜的离愁
- 122 春神
- 125 发明鞋子
- 130 同一座村庄
- 132 我何等奇丽
- 133 学艺
- 134 为何甜美
- 136 母爱
- 138 月亮里的老太婆
- 141 泥瓦匠
- 144 吉祥痣
- 146 太阳与露珠
- 147 心弦
- 149 神钺
- 150 美
- 151 乐曲的火焰
- 152 无边无际
- 153 我潜入"形象"之海
- 154 当生活凋零
- 155 燃烧的情琴

156　黄昏女神

158　站在外面

159　外国花

162　完满

165　随想

168　清泉

170　表白

172　植树节

173　致帕卡萨城堡里的政治犯

174　宗教迷信

176　阿斯温月初一

179　对死亡的高见

182　非洲

185　呼吁

——致加拿大

186　孟历1400年

·译序·

诗风掠过海洋和森林

白开元

在印度和孟加拉国,罗宾德拉纳特·泰戈尔(1861—1941)被称为"诗祖""诗圣"。1913年,他把他的一部分孟加拉语诗歌译成英文,取名《吉檀迦利》,他因这部诗集荣获诺贝尔文学奖。

国内外的不少泰戈尔文学研究者认为,泰戈尔诗歌由两部分组成,即他用孟加拉语创作的诗歌和他的英译本。

这样说有一定的道理。1912年10月6日,泰戈尔在写给查鲁·昌德拉·邦达巴达亚先生的信中说:"自己当自己作品的译者,是一大难事。没让自己的作品少受罪——简直是脱胎换骨的再创作。"对照孟加拉语原作和他的译文,就能理解这"脱胎换骨"的含义。首先,他的孟加拉语原作是押韵的,而译成英文,全成了散文诗。其次,诗人不是逐词逐句地进行翻译,而是进行大刀阔斧的改写,与原作相比,篇幅均有所缩小。第三,泰戈尔把他的作品译成英文时,充分考虑了西方读者的审美需求,把印度的一些专有名词做了技术处理。第四,泰戈尔英译本淡化了个性,强化了共性;淡化了民族性,强化了世界性。

泰戈尔诗歌译本《飞鸟集》深受中国读者喜爱。《飞鸟集》共有326节，其中只有第6、12、18、24、30、35、53、58、66、71、83、84、86、88、90、99、107、119、128、129、130、132、138、139、151、153、156、163、166、171、172、173、176、184、191、194、230、232、234、236、240、243、268节是从孟加拉语原作翻译的。其余283节，是泰戈尔用英语写的。所以，《飞鸟集》基本上可以说是英语原创诗集。不久前，在围绕如何翻译《飞鸟集》的一场争论中，有人声称，受到诟病的那几首短诗译文的孟加拉语原作的意思可能就是如此。这种说法是没有根据的。

《飞鸟集》中译自孟加拉语的作品，大都是寓言诗，在动植物、景物的对话和情态描写中，歌颂真善美，揭露假丑恶，间接反映社会现实、人际关系。

比如，第30节中，通过晨月的回答，赞扬了甘为人梯的宽阔胸襟。第53节中从鄙视泥灯、奉承皓月的玻璃灯身上，不难看到欺凌平民、攀附权贵的小人的影子。第71节中赞美的给斧头木柄的大树，实际上是无私奉献者的化身。第107节中，揭露了忘恩负义者的拙劣行径。第172节倡导的是爱护弱小的高尚行为。第234节中月亮给人的启示是：世无完人，有一分热发一分光，就是实现了人生价值。第240节，是对不知天高地厚的庸人的告诫。

《飞鸟集》中不少诗行，类似于格言，浓缩了诗人对大千世界对人类社会现象的剖析和精辟见解，意蕴深厚，颇耐咀嚼。

比如，第24节，用眼皮对眼珠的保护，说明休息对于工作是必不可少的。第130节和243节，营构了把错误关在门外就是把真理关在门外和真理之河流过错误的沟渠这两个意境，辩证地阐明了正确和错误的关系，告诫人们不要怕犯错误，只要正视错误，找到犯错误的原因，错误就是通往真理的桥梁。第57节，说明了"谦虚使人进步"，谦虚使人臻于崇高的道理。第65节，对小草的赞美，其实也是对在平凡的岗位上默默地勤奋工作，不追求功名利禄的高贵品质的赞美。第40节和第75节，涉及的是主观和客观的关系，改造世界的前提，是正确认识世界。不能正确认识世界，一味埋怨客观原因，无助于事业的成功。第230节提醒人们，不要光听表扬，也要虚心倾听别人的批评，才能逐步完善人格。第231节，给家长的深刻启迪是，溺爱孩子，给孩子过多享受，不利于孩子的健康成长。

诗人在第56、84、92、99、225、252、282节中，表述了对生死的哲学观点。诗人所说的"生死"，并非指一般意义上人的降生和老死。按照诗人的泛神论，生死不过是物质转换的形式而已。诗人在致斯里拉蒙特罗·松德尔·德里贝迪的信中说："我是人，因而我也是尘埃、泥土、树木、飞禽走兽，我就是万物。我的存在中，汇集了所有的生物、非生物。"这种唯心主义观点隐藏在诗情画意中。你看，"生命之岛四周，日夜翻涌着死亡之海"。诗人宣称：我将死了又死，从而知道生是无穷无尽的。当然，诗人的生死观也有合理成分。从微观世界的角度分析，人体内无时不发生细胞的生死，每个人和一秒钟之前的自己，其实是不一样的，但从外表是不易察觉的。所以诗人在第173节中说："谁像命运似的推我往前走呀？""是我自己，在我身后大步走哩。"

泰戈尔是印度诗坛泰斗，但他向来平易近人，国内外的亲朋好友请他题诗，他无不给予满足。《飞鸟集》的第80、122、143、224节，显然是赠诗。但根据现有的资料，无从确定哪一首诗，在何种背景下，为哪个人题写的，因而目前很难做出正确评价。

《飞鸟集》的题材面很广。诗人在第49节中，表明了他的志向：不当殖民统治的车轮，而要与被压迫的群众站在一起；要像叶片那样，谦逊地为民众服务（第217节）。第93节中，对权势表示极大蔑视，把它称作是"王座上的囚徒"。第158节，显然是对强权势力为了自身利益而牺牲弱者的愤怒抨击。第204节，以空中的无限和地面上的无限，形象地阐明了诗的特质。

《飞鸟集》的第11、16、23、29、41、72、116、165、182、198、270节，与我国的"无题"诗相似。诗人在这些短诗中，驰骋想象，营造一两个或明丽、或幽微、或阔大、或精致的意象，蕴含着只可意会的欢快、喜悦或沉郁的情绪，给人以美的享受。

由于缺少必要的资料，《飞鸟集》是最难翻译的诗集。想较正确地译《飞鸟集》，应阅读相关书籍，熟悉泰戈尔秉承的印度宗教哲学思想，他所处的时代背景，他的人生观、世界观，以及他诗歌的艺术特色。不做必要的准备，草率动笔，难免偏离原作本意和风格。

收入孟加拉语《泰戈尔全集》的诗集多达53部。

炽热的爱国主义情怀，对祖国自由独立的憧憬，对其他被压迫民族革命斗争的关注和支持，是泰戈尔诗歌的主旋律。

在印度民族独立运动蓬勃发展的日子里，泰戈尔与群众一起走上街头，示威游行，在集会上慷慨激昂地发表演讲，并以诗笔为武器，写了许多充满爱国激情的诗作。1919年发生阿姆利则惨案，泰戈尔勃然大怒，宣布放弃"爵士"的称号。他钦佩那些身陷囹圄、坚贞不屈的爱国志士，在《致帕卡萨城堡里的政治犯》一诗中，赞扬他们是天神的子孙，以锁链的韵律阐述自由。显然，泰戈尔把印度独立的希望寄托在他们身上。他写的歌曲《印度命运的主宰》后来成为印度国歌。孟加拉国独立后，《金色的孟加拉》成为孟加拉国国歌。这两首歌曲将世世代代传唱下去，抒发印度、孟加拉国人民对祖国母亲的热爱。

儿童诗是泰戈尔诗歌中的精品。诗人用一支彩色神笔描绘了儿童生活丰富多彩的画面，感人至深地表现孩子与父母的骨肉情义，还有不少作品交融着他的教育理念。

泰戈尔的哲理抒情诗，是他姹紫嫣红的诗苑里一株散发幽香的奇葩。这些作品玲珑晶莹，意蕴深厚，表达诗人对爱情对人生对自然对大千世界的深刻思索。

爱情在泰戈尔诗歌的创作中占有非常显著的地位。他写的爱情诗，数量之多，内容之广，种类之繁多，在世界上是罕见的。

本书收入影响深远的《飞鸟集》和从孟加拉语原作翻译的61首代表性佳作，希望有助于我国读者全面了解泰戈尔诗歌，并深化我国的泰戈尔文学研究。

第一辑

飞鸟集

1

　　夏天离群的鸟儿，飞到我的窗前啁啾鸣唱，一会儿又飞走了。
秋天的黄叶没有可唱的歌儿，叹息着落在窗前。

2

　　哦，世界的一小队流浪者，请把你们的脚印留在我的诗行里。

3

　　世界面对它所爱的人，摘下它奇大无比的面具。
随后它变得小如一首情歌，小似一个永恒之吻。

4

　　是大地的泪水，使她的微笑花儿般鲜活。

5

　　强悍的沙漠火热地追求一棵小草的爱情，可她摇了摇头，莞尔一笑飞走了。

6

　　你要是一直落泪，看不见夕阳，也会看不见繁星的。

7

哦,跳舞的河流,你旅途中的泥沙,祈求你的歌声和行进。你愿意带着一瘸一拐的泥沙流淌吗?

8

她布满思恋的秀脸,好像夜雨,萦绕在我的梦境里。

9

我们曾在梦里以为我们互不相识。
苏醒了才知道我们是彼此相爱的。

10

犹如幽寂的树林里的黄昏,愁思在我心田慢慢平静下来。

11

如同一阵慵懒的轻风,无形的手指,拨动我的心琴,弹出潺潺流水似的乐曲。

12

"哦,大海,你在说什么?"
"无穷的疑问。"
"哦,天空,你回答了什么?"

"永久的沉默。"

13

哦,我的心,静听"世界"的微语,那是对你倾诉的爱。

14

创造的奥秘,如同夜里的黑暗,是伟大的。但知识的玄奥,有如晨雾。

15

不要因为危崖很高,就让你的爱坐在危崖上面。

16

今天早晨我坐在窗口,"世界"像一个行人,驻足片刻,向我点点头离去了。

17

哦,绿叶的飒飒声,是它纤细的思绪;在我的心里,愉快地低语着。

18

你看不见你的真貌,你看见的只是你的影子。

19

我的欲望是愚蠢的,它们在歌声中叫嚷,我的主啊,让我静静地听吧。

20

我不能选择最佳。
是最佳选择了我。

21

把灯笼挂在背上的人,也把他们的身影投到他们的身前。

22

我的存在,是生命的一个永恒奇迹。

23

"我们是簌簌晃动的树叶,以声响回答风暴,可你是谁呀,一直沉默着?"
"我不过是一朵花。"

24

休息对于工作,如同闭合的眼睑对于眼珠。

25

人天生是个孩子,他的力量不断增长。

26

天帝期望我们回报他的,是他送给我们的鲜花,而不是太阳和大地。

27

阳光犹如赤裸的孩子,快活地在绿叶中做游戏,不知道人会欺骗他。

28

啊,美,在爱中寻找你自己吧,切莫在你镜子的谄媚中找你呀。

29

在"世界"的海边,我的心拍击着她的波浪,以泪水在上面写她的心迹:

"我爱你。"

30

"晨月呀,你在等着做什么事呢?"

"对我必须为其让路的旭日致敬。"

31

几棵树长到我的窗口,仿佛是沉默的大地发出的渴望的声音。

32

天帝的眼里,他自己的早晨也是新奇的。

33

因为"世界"的要求,生命发现自己的财富。
因为爱的要求,生命又发现自己的价值。

34

干涸的河床,发觉无法感谢它的过去。

35

飞鸟希望变成一片云彩。
云彩希望变成一只飞鸟。

36

瀑布唱道:"我找到自由,也就找到了我的歌。"

37

我说不清楚这颗心为什么不快地沉默着。

它从不知道,从不要求,也从不铭记极小的需要。

<u>38</u>

女人,你忙忙碌碌做家务事时,你的手足在唱歌,犹如山泉潺潺地流过岩石。

<u>39</u>

夕阳走过西海时,向东方表示最后的敬意。

<u>40</u>

不要因为你没有食欲而责备你的饭菜。

<u>41</u>

树木像大地的热望,踮着脚尖窥望天国。

<u>42</u>

你微笑着不和我说话,而我觉得,为了这一幕,我已等了漫长的岁月。

<u>43</u>

水中的鱼儿默不作声,陆地上的兽类嘶鸣嗥叫,空中的飞鸟唱着歌儿。

人类中有海的沉默，有地上的喧嚣，也有空中的歌声。

44

世界跑过犹豫之心的琴弦，奏响悲郁的乐曲。

45

他把他的武器当作他的神。
他的武器胜利时，他自己惨遭失败。

46

天帝在创造中发现了他自己。

47

阴影戴着面纱，满心秘密的温柔，迈着无声的爱的脚步，跟在"光"的后面。

48

星星不怕像萤火虫那样显现。

49

谢谢你，我不是权力的一个车轮，而是被权力的车轮碾压的活人中的一员。

50

这心灵是敏感的,但不宽广,它固守在每个点上,却不活动。

51

你偶像的碎片散落在尘土中,这足以证明天帝的尘土比你的偶像更伟大。

52

人在他的履历中显示不了自己,奋斗中他才能崭露头角。

53

玻璃灯斥责泥灯,因为泥灯称它为表哥。月亮升起时,玻璃灯却笑嘻嘻地叫她:"亲爱的,我亲爱的姐姐。"

54

就像海鸥和海涛相遇,我们相逢了,走近了。海鸥飞离,海涛滚滚而去,我们也分离了。

55

我的白天消逝了,于是我像一只拖上沙滩的木船,倾听着晚潮的舞乐。

56

生命是赐给我们的,我们献出生命才能得到生命。

57

我们最谦逊的时候,离伟大最近。

58

麻雀为孔雀彩翎的重负而担忧。

59

我从不害怕瞬息——永恒之声这样唱道。

60

飓风在无路之处寻找最短的路,又忽然在不知名的地方停止寻找。

61

用我的杯子饮我的酒吧,朋友。

斟进别人的杯里,这酒就失去涨溢的泡沫。

62

为表示对"不完美"的爱,"完美"装扮得很美丽。

63

天帝对人说:"我医治你,所以才伤害你;我爱你,所以才惩罚你。"

64

感谢火焰给予光明,但不要忘了,擎灯的人许久坚忍地站在黑暗中哩。

65

小草啊,你的步子虽小,但你拥有你步履下的土地。

66

花蕾张开花瓣,叫道:"亲爱的世界,请不要枯萎!"

67

天帝对大帝国产生厌恶,但从不厌烦小花。

68

错误经受不起失败,但正确经受得起。

69

"我愉快地给了我全部的水。"瀑布唱道,"尽管对于干渴的人,其中一小部分就足够了。"

70

爆发一阵阵狂喜,把那些鲜花抛向空中的缘由在哪儿呢?

71

樵夫的斧头向大树要斧柄。
大树立刻给了它。

72

孀居的黄昏蒙着雨雾的面纱,我在我寂寞的心里感觉到了她的叹息。

73

贞操是富丽的爱情中产生的财富。

74

雾好似爱情,在群山的心中游戏,创造各种美的奇迹。

75

我们把世界读错了,反倒说世界欺骗了我们。

76

诗风掠过海洋和森林,去寻找自己的声音。

77

每个出生的孩子带来这条信息:神明对人类还没有失望。

78

绿草在大地上寻找她的伙伴。
树木在远空寻找他的寂寞。

79

人建造了自己的樊篱。

80

我的朋友,你的话音在我心间萦回,如同大海的低吟浅唱,缭绕在聆听着的松林之间。

81

"黑暗"的看不见的火焰,它的火花是繁星,它究竟是什么样子呢?

82

让生命像夏天的鲜花一样绚丽,让死亡像秋天的树叶一样静美。

83

想要行善的人,举手叩门;而有爱心的人,看见门敞开着哩。

84

死亡中,众多归一;生命中,这"一"化为众多。
一旦神祇绝灭,宗教合为一种。

85

艺术家是自然的情人,所以他既是自然的奴隶也是自然的主人。

86

"哦,果实,你离我多远呀?"
"哦,鲜花,我藏在你心里哩。"

87

这渴望,是为在黑暗中可以感觉到的,可在白天看不见的某物而产生的。

88

露珠对湖说:"你是荷叶下面的一颗大露珠,我是荷叶上面较小的一颗露珠。"

89

剑鞘保护剑的锋利时,满足于自己的钝。

90

在黑暗中,"一"以"统一"的面目出现;在光明中,"一"以繁多的面目出现。

91

大地有了绿草的帮助,才变得好客。

92

树叶的生生死死,是一种快速旋转的循环,更大的循环,在繁星之间缓缓转动。

93

权力对世界说:"你是我的。"
世界就使权力沦为她王座上的囚徒。
爱情对世界说:"我是你的。"

世界就给她出入宫殿的自由。

94

浓雾犹如大地的愿望。
隐藏了朝阳,她又焦急地呼唤他。

95

安静吧,我的心,这些大树都在祈祷呀。

96

片刻的喧哗,嘲笑永恒的音乐。

97

我想到许多时代在生死和爱情的川流上漂浮,被遗忘,便感觉到了辞世的自由。

98

我灵魂的忧愁是他新娘的面纱。
这面纱在等待夜间被扯去。

99

死的印记给生命的钱币以价值,使之能以生命购置真正的珍宝。

100

云彩谦虚地站在天空的一隅。

黎明为它戴上灿烂的朝霞。

101

尘土蒙受侮辱,却以鲜花回报。

102

不要停下脚步,采集保留鲜花,往前走吧,因为一路上花朵会自行绽放。

103

根须是地下的枝条。

枝条是空中的根须。

104

远去的夏天的音乐,翱翔在秋天,寻觅它的旧巢。

105

不要从你的口袋里掏出功勋,借给你的朋友,这是对他的侮辱。

106

无名日子的感触,铭刻在我的心头,就像黏附在老树身上的苔藓。

107

回声讥嘲她的声源,以证明她就是声源。

108

当荣华富贵夸耀它得到了天帝的特殊恩惠时,天帝羞愧了。

109

我把我的身影投落在我的路上,因为我的一盏灯还没有点亮。

110

有人走进喧闹的人群中,以便淹没他自己沉默了的叫喊声。

111

在衰竭中终结的是死亡,但"完美"终结在无限之中。

112

太阳身穿朴素的光明之袍。彩云则浓妆艳抹。

113

山峰好像是举起双臂想抓住星星的孩子们的喧嚷。

114

道路没人爱,虽然路上人群拥护,却是孤独的。

115

夸耀自己拙劣行径的权势,受到飘落的黄叶和流云的嘲笑。

116

犹如一个织布的女人,阳光下的大地,今天用被忘却了的语言,对我哼唱一些古代的歌谣。

117

草叶无愧于它在其中生长的伟大世界。

118

梦是一个爱唠叨的妻子。
睡眠是一个默默忍受的丈夫。

119

夜吻着渐渐黯淡的白昼,在它耳边轻声说:"我是死,你的母亲。

我要给你新的诞生。"

120

黑夜,我感觉到你美了,你的美如同一个可爱的女人,当她把灯熄灭之际。

121

我把一些世界丢弃的繁丽带进我的世界。

122

亲爱的朋友,多次在这暮色渐深的海滩上静听涛声时,我感受到了你伟大思想的沉默。

123

鸟儿心想:把鱼儿举到空中,是善意的行为。

124

"在月亮里,你送给我你的情书,"夜对太阳说,"我在落在草叶上的泪水中,已作了回答。"

125

伟人生来是个孩子,他逝世时,把他伟大的童年留给了世界。

126

不是锤子的击打,而是流水的歌舞,使鹅卵石渐趋完美。

127

蜜蜂从花中采蜜,离去时嗡嗡地感谢。
浮夸的蝴蝶自以为鲜花应对它致谢。

128

当你不愿耐心等待说出莹澈的真理时,说话是容易的。

129

"可能"问"不可能":"你住在哪儿?"
传来的回答是:"在庸人的酣梦中。"

130

如果你把所有的错误关在门外,真理也会被关在门外。

131

我听见一些东西在我心中忧愁的后面簌簌作响——我看不见它们。

132

憩息活跃起来就是工作。

海的宁静轻漾起来就是波涛。

133

绿叶恋爱便变成鲜花。

鲜花祈祷便变成果实。

134

泥土下的树根使树枝硕果累累,从不要求报酬。

135

这下雨的黄昏,风不息地吹拂。

我望着摇曳的树枝,默想着万物的伟大。

136

午夜的风暴,好似在不合时宜的黑暗中苏醒的巨大孩子,开始游戏,叫喊。

137

哦,大海,你这风暴的孤独的新娘,你掀起狂涛巨浪,徒劳地追赶你的情人。

138

文字对工作说:"我为我的空虚感到惭愧。"

工作对文字说:"当我看见你时,我知道了我是多么贫乏。"

139

时间是"变化"的财富,可时钟在它的模仿之作中,使时间成为单纯的变化,而没有财富。

140

真理穿上衣服,发觉事实太拘束了。

在遐想中,她行动异常轻快。

141

当我这儿那儿旅游时,道路啊,我对你厌倦了。但现在你把我带往各地,我爱你,与你成亲了。

142

让我施展想象:繁星中的一颗星,引导我的生命通过不可知的黑暗。

143

女人,你触及的我的物品,沐于你手指的恩泽,整洁就像音乐一样出现了。

144

一个哀怨的声音在流逝的岁月里筑巢。

深夜里它对我唱道:"我爱你。"

145

燃烧的火焰告诫我远离它的炽光。

把我从藏在灰下奄奄一息的余烬中救出来吧!

146

我拥有的星星在天上,

可是,唉,我屋里的小灯还没有点亮。

147

死去的文字的尘土沾在你身上。

用沉默洗净你的灵魂吧。

148

透过生命里残留的一些空隙,传来了死亡的哀乐。

149

清晨,世界敞开了它的光明之心。
出来吧,我的心,带着你的爱去会见它。

150

我的思想和闪光的绿叶一起闪烁,我的心在阳光的触摸下欢歌;我的生命快乐地与万物飘进天空的蔚蓝,飘进时间的幽暗。

151

天帝的伟力在温和的微风中,而不在风暴中。

152

这是一个梦,梦中所有东西松散着压迫我。当我苏醒,自由轻松,我发现它们全聚集在你那儿。

153

"谁来承担我的责任?"夕阳问道。
"我将尽力而为,我的主人。"泥灯答道。

154

掐摘花瓣,你无从荟萃鲜花的美丽。

155

沉默中蕴藏着你的话语,恰如鸟巢拥搂着入睡的鸟儿。

156

"伟大"不怕与"微贱"同行。

"中庸"却远远地躲避"微贱"。

157

夜阑秘密地把花催开,让白昼去领受感谢。

158

权力认为牺牲品的挣扎是忘恩负义。

159

当我们为我们的成熟而喜悦时,就可以愉快地同成果分手了。

160

雨点吻着泥土,轻声说:"我们是你想家的孩子,母亲,从天国回到你身边来了。"

161

蜘蛛网假装逮露珠,逮住的是苍蝇。

162

啊，爱情！当你手擎点燃的痛苦之灯走来，我看清你的脸，把你当作至上福祚。

163

萤火虫对夜空的明星说："学者说，你的光辉有一天将湮灭。"明星默不作答。

164

黄昏的薄暗中，几只晨鸟飞进我的沉默之巢。

165

思绪掠过我的心田，如同一群野鸭飞过天空。
我听见了它们翅膀扑扇的声音。

166

沟渠老爱想：河流存在仅仅是为了给我供水。

167

世界以它的痛苦和我的灵魂接吻，要求在歌声中给予回报。

168

那压迫我的,是我试图外出的灵魂,还是叩击我的心扉,想进来的世界的灵魂呢?

169

思想以自己的语言喂养自己,渐渐成长起来。

170

我把我的心杯浸入静默的时光中;心杯盛满的是爱。

171

你或是有事,或是没有事。
当你不得不说:"让我们动手做事吧!"麻烦就来了。

172

向日葵羞于认无名的花卉为亲戚。
太阳升起,微笑着说:"我亲爱的,你好吗?"

173

"谁像命运似的推我往前走呀?"
"是我自己,在我身后大步走哩。"

174

雨云把水倒在河流的水杯里,然后藏在遥远的山后。

175

我一路走一路倾倒我水罐里的水。

为我家只留下一点儿水。

176

铜罐里的水是清亮的,大海的水是暗黑的。

"小的真实"的话,说得很清楚,"辽阔的真实"保持辽阔的沉默。①

177

你的微笑是你田野里的鲜花,你的话语是你山岭上松树的飒飒声,但你的心,是我们全认识的倩女。

178

我把细小的物品留给我所爱的人,宏大的物品,留给了所有的人。

179

女人呀,你以泪水的深澈环围着世界之心,犹如大海环围着大地。

---

① "小的真实"指铜罐,话说得清楚,是指罐里的水晃动有声;"辽阔的真实"指大海。

180

阳光以微笑向我致意。

它忧伤的姐妹——雨霖,对我的心絮叨。

181

我的白日之花,落下被遗忘的花瓣。

黄昏,它成熟为一只记忆的金果。

182

我像夜里的一条路,寂静中倾听着它回忆的足音。

183

在我的眼里,暮空像一扇窗户,像一盏点亮的灯,也像灯后的一次等待。

184

过分忙碌做好事的人,挤不出时间提升自己的品质。

185

我是秋云,罄空了雨水,在成熟的稻田里看见了我的充实。

186

他们仇恨,他们残杀,人们赞扬他们。
但天帝感到羞愧,赶快把记忆埋在绿草下面。

187

脚趾是舍弃了它往昔的手指。

188

"黑暗"走向光明,但"昏聩"走向死亡。

189

哈巴狗怀疑宇宙阴谋夺取它的位置。

190

静坐着吧,我的心,不要撒你的灰尘。
让世界找到通向你的路。

191

弓在箭射出之前轻声对箭说:"你的自由是我的。"

192

女人,你的笑声中回荡着生命之泉的音乐。

193

充斥逻辑的心灵,像浑身是刃的刀。
它让使用它的手鲜血淋漓。

194

天神爱凡人的灯光,胜过爱他硕大的星辰。

195

这世界是被美的音乐驯服的狂风暴雨的世界。

196

暮云对夕阳说:"你的热吻下,我的心像一只金舫。"

197

接触,你可能杀戮。远离,你可能获取。

198

如同美梦从我已逝的青春,衣衫窸窣地走来,蟋蟀的唧唧,夜雨的淅淅沥沥,透过幽暗传到我耳朵里。

199

花朵对失落了繁星的晨空嚷道:"我失去了我的露珠。"

200

熊熊燃烧的木头喷着火焰,大声叫道:"这是我的花朵,我的死亡。"

201

黄蜂觉得与它相邻的蜜蜂的储蜜之巢太小了。

蜜蜂要它筑一个更小的试一试。

202

"我留不住你的波浪。"河岸对大河说,"让我把你的足印保存在我的心里吧。"

203

白昼以面积颇小的大地的喧哗,淹没所有世界的沉默。

204

歌曲在空中感受到无限,画作在地上感受到无限,诗既在空中也在地面上感受到无限。

因为,诗的文字兼有行走的意蕴和飞翔的音乐。

205

当太阳在西方徐徐下落时,他早晨的东方悄然站在他面前。

206

让我不要错误地置身于我的世界而导致它反对我。

207

赞扬羞臊我,因为我偷偷地追求它。

208

当我无事可做时,让我憩歇着,不受打扰地沉入安谧的深处,就像海水静默时海边的黄昏。

209

哦,少女,你的单纯像湖泊的澄碧,显示着你真实的深邃。

210

"最好"从不独自走来。
它走来由参差不齐的好坏簇拥着。

211

天帝的右手温和,但他的左手瘆人。

212

我的黄昏从陌生的树林里走来,用我晨星听不懂的语言说话。

213

夜阑的黑暗是一只口袋,泄露着黎明的金子。

214

我们的欲望,把彩虹的颜色只借给了人生的雾气。

215

天帝等待机会,把凡人手上的鲜花,当作礼物,重又赢回去。

216

我的愁思老缠着我,问我它们的姓名。

217

果实的服务是高贵的,鲜花的服务是甜美的,但让我的服务,成为谦逊的奉献的绿荫里叶片的服务吧。

218

我的心向悠闲的风张开帆,准备驶往任何地方的绿岛。

219

人群是残酷的,但人是善良的。

220

把我变作你的玉杯,为了你和你的一切,斟满琼浆玉液。

221

风暴犹如爱情被大地拒绝的诸神的哀号。

222

世界不会渗漏,因为死亡不是裂缝。

223

生命因付出爱情而更富有。

224

我的朋友,你那颗博大的心,如同黎明时分的孤山雪峰,与东方的朝阳一起闪射光芒。

225

死亡之泉,使生命的静水活跃起来。

226

我的天帝,那些拥有一切而没有你的人,在嘲笑一无所有而拥有你的人。

227

生命的运动,在它的音乐中休息。

228

乱踢只能扬起尘土,而不能从泥土收获谷物。

229

我们的名字是夜间海涛上闪烁的微光,不留下印记便消失了。

230

让欣赏玫瑰花的人也注视一下它的刺儿。

231

鸟翼系了黄金,鸟儿就不能在天空飞翔了。

232

我国的莲花起了另一个名字,在这异域的水中照样开放,散发同样的芳香。

233

在心田的景色里,距离显得更远。

234

月亮把清辉洒满夜空,她的黑斑留给她自己。

235

不要说"这是早晨",便用"昨天"的一个名字遣送它。把它视为首次看见的尚未起名字的新生儿吧。

236

青烟对天空、灰尘对大地夸耀说:"他们是火焰的兄弟。"

237

雨点对茉莉花低声说:"把我永远留在你的心里吧。"
茉莉花叹息一声"唉——",落在地上。

238

胆怯的思想啊,别怕我。
我是个诗人。

239

我心田的朦胧的沉默,仿佛充满蛩吟——那灰蒙蒙微明的声响。

240

爆竹啊，你对群星响亮的侮辱，跟着你垂落地面。

241

你曾引导我，穿过我白天人群拥挤的旅途，抵达我黄昏的寂寥之地。

在通宵的宁静中，我等候它的含义。

242

这生命是渡海，我们聚集在一艘窄小的船里。

死亡之时，我们抵达彼岸，各归各的世界。

243

真理之河，流过它错误的沟渠。

244

今天我的心想家了，遐想着渡越时间之海的甜美时辰。

245

鸟儿的歌鸣，是从大地返回的晨光的回声。

246

晨光问金凤花:"你不肯和我接吻是不是太骄傲了?"

247

"哦,太阳,我应怎样对你唱颂歌,对你膜拜?"小花问道。
"以你纯洁而质朴的沉默。"太阳答道。

248

人成了兽,比兽还坏。

249

光明吻过的乌云,变成天国的鲜花。

250

不要让剑锋讥嘲剑柄是钝的。

251

如同一盏深掩着的灯,夜的静默,与它银河的光一起闪烁。

252

灿亮的生命之岛四周,日夜翻涌着死亡之海的无尽的歌曲。

253

它的峰峦之瓣在吮吸着阳光,这山难道不像花吗?

254

"真实"带着被读错的意思,重心挪了位置,就不真实了。

255

犹如轻舟获得了风和水的美质,我的心啊,从世界的运动中,发现你的美吧。

256

眼睛不为视力,却为眼镜而骄傲。

257

我住在我的小世界里,担心弄得它越来越小。
把我提升到你的世界里吧,让我获得愉快地失去我一切的自由。

258

虚假永远不能靠权力扩张为真实。

259

我的心,带着它舐吻的歌曲之波,渴望爱抚这阳光灿烂的白昼的绿色世界。

260

路边的芳草,爱上夜空的星星,你的梦就会飘进花丛。

261

让你的音乐,像一把利剑,刺入市井的喧嚣之心!

262

好似婴儿的手指,这颤动的树叶,拂触着我的心。

263

我灵魂的悲苦,是新娘的面纱。
它等待着被扯进夜色。

264

小花卧躺在尘土里。
它在寻觅蝴蝶的路径。

265

我身处道路纵横交叉的世界。
夜晚来临,你家庭的世界,开启你的门户吧!

266

我已唱了你的白昼之歌。

黄昏时分,让我高擎你的灯,在风暴肆虐的道路上行进。

267

我不要求你走进这间屋子。

我的情人,来吧,进入我无穷的孤寂!

268

如同诞生,死亡也属于生命。

如同放下脚是走路,抬脚也是走路。

269

我已学习弄懂了你在鲜花和阳光里轻声独白的简单意思——再教我理解你在痛苦和死亡中说的话吧。

270

黑夜的鲜花来晚了,黎明吻她时,她全身颤抖,叹息着凋落在地上。

271

在万物的忧愁中,我听见"永恒母亲"的悲叹。

272

我的大地,我来到你的海岸,是一个陌生人;住在你的寓所,是你的客人;走出你的大门,是你的朋友。

273

我离去时,让我的思想像那沉寂的星空边缘夕阳映照的晚霞,去你那儿。

274

点燃我心空憩息的黄昏星,之后让黑夜对我轻轻地诉说爱情。

275

我是置身于黑暗的一个小孩。
母亲,我从黑夜的厚被里向你伸出我的双手。

276

劳作的白昼结束了。母亲,把我的脸隐藏在你的臂弯里。
让我做个好梦。

277

相聚的灯亮了很久,分离时灯光立刻熄灭。

278

哦,大千世界,我去世时,把"我已爱过"这句话,存放在你的沉默中吧。

279

我们生活在这个世界上,我们爱这个世界。

280

让死者拥有不朽的声誉,让生者拥有不朽的爱情。

281

我看见你,就像半醒的婴儿在熹微的晨光中看见他的母亲,接着又笑吟吟地睡着了。

282

我将死了又死,从而知道生是无穷无尽的。

283

当我走在人群拥挤的路上时,突然看见阳台上你的微笑,于是我引吭高歌,忘记了周围的嘈杂声。

284

爱是充实的生命,如同斟满酒的杯子。

285

他们点亮他们的灯烛,在他们的寺庙里唱他们的歌曲。

但群鸟在你的曙光里歌唱你的圣名,——因为你的圣名就是快乐。

286

领我走进你静默的中心,让歌声充满我的心。

287

让他们生活在他们选择的焰火噬噬作响的世界中吧。

我的天帝,让我的心渴求你的繁星。

288

爱情的痛苦,像波涛汹涌的大海,在我生命的周遭吟唱。爱情的欢乐,则像鸟儿在花林里歌鸣。

289

你乐意就熄灭你的灯光吧。

我深谙并爱你的黑暗。

290

在年寿的尽头,我站在你面前,你将看见我的伤疤,你知道,我有许多创伤,也有治愈的办法。

291

某一天,我将在另一个世界的黎明时分对你唱道:"以前在地球的光明里,在人们的爱情中,我曾经见过你。"

292

从其他的年月飘进我生活的乌云,不再落下雨水,不再引来风暴,但给我夕阳下垂的暮空以色彩。

293

真理触发的反对自身的风暴,大面积地撒播了它的种子。

294

昨夜的暴风雨,为今天的清晨戴上了金色的静谧。

295

真理似乎带来了它最后的断言;这最后的断言又生出第二个断言。

296

他是幸福的,他的声誉之光没有黯淡他的真实。

297

我忘了自己的一切,心里便充满你名字的甜美,——如同浓雾消散,你的朝阳便冉冉升起。

298

寂静的黑夜具有母亲的柔美,而喧闹的白天具有孩子的活泼之美。

299

人微笑,世界爱他;人狂笑,世界怕他。

300

天帝期待人在智慧中重获童年。

301

让我感觉到你的爱正凝聚成这个世界,于是我的爱就来帮助它。

302

你的阳光对我心田的冬日微笑,从不怀疑它春天的鲜花。

303

天帝在他的爱中吻着"无限",世人在爱中吻着"有限"。

304

你穿过绝收的岁月的荒原,抵达圆满的时刻。

305

受惠于天帝的沉默,人的思想成熟为语言。

306

万世的旅客,你在我的歌曲中将发现你延伸的足迹。

307

不要让我羞辱你,父亲,你在你孩子身上显示了你的光荣。

308

这一天是阴郁的,蹙眉的云层下,日光像一个受惩罚的孩子,灰白的脸颊上布满泪痕。罡风呼啸,像受伤的世界在哀号。可我知道,踏上旅途,我正前去会见我的朋友。

309

今夜,棕榈树叶簌簌地晃动,海面上浪翻涛涌,圆月仿佛是世界颤抖的心。你从何处不可知的远空,把疼痛的爱的秘密装进了你的沉默?

310

我梦见一颗星,一座光明之岛,我将在那儿降生,在那儿生意盎然的闲暇的深处,我的生命将使事业成熟,如同秋阳下的稻田。

311

上浮着渗进雨中的湿土的气息,仿佛是浩荡的赞歌,来自微不足道的无声的人群。

312

爱可能会丧失,这是事实,可我们不能把它当作真理接受。

313

我们终将明白,死亡永远不能夺走我们灵魂获得的东西,因为她的所得,已与她融为一体。

314

在我黄昏的薄暗中,天帝向我走来,他篮子里带来的我昔日的花朵,依然鲜艳。

315

我所有的生命之弦调试停当,我的主啊,你手指的每次触拨,都弹出爱的乐章。

316

我的天帝,让我真实地活着吧,这样,死对于我也是真实的了。

317

人类的历史忍耐着等待被侮辱者的胜利。

318

此刻,我感到你的目光落在我的心田上,恰似早晨灿亮的沉默,落在作物收割完毕的寂寥的田野上。

319

我期望歌曲之岛,屹立在恶浪翻腾的叫嚣之海中。

320

夜的序曲,始于夕阳的歌吟,始于无可形容的黑暗的庄严颂赞。

321

我登上顶峰,发现名誉的贫瘠荒凉的高处,没有我的栖身之所。

我的向导啊，日光消失之前，引导我进入宁静的山谷，让我人生的收获在那儿成熟为金色的智慧。

322

朦胧的暮色中，有些东西看似幻影——尖塔的底座消失在黑暗中，树梢像墨渍。我等待着拂晓，苏醒后观察你光明中的城市。

323

我曾痛苦过，失望过，领略过死亡，我为我还在这伟大的世界上而感到高兴。

324

我的一生有过赤贫和寂寞的经历。它们是我的繁忙日子汲取阳光和空气的空间。

325

不满足的昔日从后面抱住我，使我难以面对死神，帮我摆脱它的纠缠吧。

326

让"我相信你的爱"，成为我最后说的一句话。

第二辑 印度巨人及其他

印度巨人

啊,我的心,在印度巨人的海滨
这福善的圣地缓慢地苏醒——
站在这儿伸出双臂,向民众之神顶礼,
礼赞它,以洋溢欢愉的豪放韵律。
这儿有深沉冥想的山峦、
珠串般的河流滋润的平川,
啊,每日关注它神圣大地的风云,
在这印度巨人的海滨。

无人知道谁的呼吁下多少人流汹涌澎湃,
从何处注入印度的茫茫人海。
雅利安人、非雅利安人、达罗毗荼人、中国人、西徐亚人、
匈奴人、帕坦人、莫卧儿人在印度的躯体里交融。
今日开启西部的大门,
人人送来丰厚的礼品,
赠纳,融合,无一回遁,
在这印度巨人的海滨。

指挥铁流，高唱凯歌，怒吼狂奔，
横穿窒息生命的沙漠、翻越高山的先人，
都消融在我体内，不在身外什么地方，
他们神奇的吼声在我的血液里回荡。
啊，湿婆，弹拨神琴！
远离的一切被我憎恨，
铲除路上的障碍，让他们
也前来汇集在这印度巨人的海滨。

这儿曾响彻经久不息的神圣梵音，
"一体"的经咒在心弦上铿锵共鸣。
修道士以"一体"的祭火焚烧"庞杂"的牺牲，
忘却差异，唤醒一颗博大的心灵。
那苦修祈祷的庙宇，
如今山门已经开启，
所有的香客垂首祈望心心相印——
在这印度巨人的海滨。

你看祭火中跳荡着苦难的血红火苗，
必须忍耐，注定的命运在胸中燃烧。
谛听"一体"的召唤，我的心，忍受忧愁！
战胜平日的惶恐、羞惭，让耻辱化为乌有！
不堪忍受的将尽的哀恸

将化为一个伟大的灵魂。

天将晓，宏大的巢里母亲正苏醒，

在这印度巨人的海滨。

来吧，雅利安人，非雅利安人，穆斯林，印度教徒！

来吧，英国人！来吧，基督教徒！

来吧，婆罗门，净化你的心，紧握所有人的手！

来吧，堕落者，卸却廉耻的重负！

赶来参加母亲的灌顶大礼，

两手接触的圣水

尚未斟满吉利的祭典的器皿，

在这印度巨人的海滨。

恒 河

啊，恒河，
洪荒时代你足前萦绕着
　　凡世的恸哭；
神仙维吉罗陀沉湎于再生的苦修，
　　越过重叠的山峦，
向你传达死亡囚禁的鬼魂的呼唤——
　　请你赠送生命——
热情地说，啊，你是性灵的化身，
　　让荒漠轻吻你的赭色裙裾，
　　生长芳草，洋溢生机。
　给不结果的树木累累硕果，
　　化解青藤不开花的苦厄。
　让缄默的大地
　　说出鲜活的话语。
啊，恒河，你是生命的形象，
　　你流经的地方，
　　荒原的昏睡消散，
　　荡起苏醒的波澜，

泥土的院落里响起歌声,
　　两岸林木茂盛;
沿岸崛起的城市
　　堆满生活创造的富裕。

　　凡人不知怎样
才能战胜最可怕的死亡;
　　冥想中望着你
从长生不老的湿婆的发髻
　　随滔滔不绝的甘霖
　　　时刻降临
　　　　凡世。
人们在两岸的圣地
　　盼望你的祭品,
叫喊着——割断虚假的恐惧之绳!
　　揩净被我抹黑的死亡的脸!
让死亡肃穆的神态不再令人惊恐不安!
　　你潺潺流动的水里,
　　　注入它的歌曲,
把人生之舟涌向最后的河埠;
　　在迷茫的旅客的额头印上你的祝福,
　　　让他收下一笔
　　新的旅程需要的川资;

最后的时刻,
他侧耳听着
通往无名大海的路上
你赴永恒幽会的歌唱。

创造·生存·毁灭

没有国家、时间、星辰的太虚之上,
　　梵天①在冥思默想。
忽然,他心里涌起一阵喜悦的波澜,
　　始祖睁开慧眼,
　　　四张善口微启,
口吐的真言四下播散。
　　那庄严的妙言
如同失意中蕴含的企望
　　和充满活力的风暴
在无边的元气之海上回旋。
　　梵天悠然地嘘口气,
　　　八只眼齐放祥光;
　　　光艳艳的发髻里,
万千星辰的光辉射向八方。

怀着新生命的欢乐,

---

① 印度神话中的创造大神,有四张面孔。

怀着新生命的豪情，

　　当世界欣喜若狂，

四下里欢声雷动，

　　伫立在茫茫天昊，

四只手指向四方的毗湿奴①，

　　喃喃诵念咒语，

　　由衷地为世界祝福。

旋即高擎法螺吹响雄壮的号音，

　　使乾坤为之震颤，

　　刺耳的喧嚣停息，

　　冲天的大火熄灭，

星宿以泪水浇灭身上的火焰。

　　凝成社会，

　　　　凝成凡尘，

　　　　　　手挽手联姻，

　　世界成为家庭。

湿婆②睁开能望见三世③的三只眼，

　　遥望着天边的景色，

　　　　他脚踩着世界，

---

① 印度神话中的保护大神，有四只手，分别拿着法螺、轮宝、仙杖和莲花。
② 印度神话中的毁灭大神，有三只眼、四只手。
③ 往世、今世和来世。

高高举起毁灭的法螺。
　世界的无始无终
　　禁不住瑟瑟战栗，
法螺呜呜吹响，
世界扯断身上的绳子。
　炸碎日月，
　　炸碎行星、彗星，
　　不知溅向何处，
　全化为齑粉。
吞噬无垠天空的火海上，
　缓缓闭上三只眼，
　　湿婆端然危坐，
　　继续他的坐禅。

青春的梦幻

我青春的梦幻覆盖广袤的苍穹。
丽人的触摸如落在我身上的花瓣,
多少情女的娇喘储积我的心中,
激情啊你为何在那里刮起南风?
春天花林里玫瑰为何俯首垂眼?
我面前云集人间所有害羞的情人,
不堪的羞红化作玫瑰,瑟瑟抖颤!
每夜入睡总觉有人偎在我身旁,
如奇妙的梦,一醒便羞怯地遁逝。
仿佛有人用罗裙盛来浴我的霞光,
万千足镯的叮咚回荡在花林里,
巴库尔花枝上盛开我芬芳的恋情。
谁使我如醉似痴仰望虚茫的天庭?
天国的仙娥优哩婆湿正对我俯视。

心　座

青藤似的两条柔臂羞涩地
护卫着日见丰隆的乳胸，
乳峰之间幽深的心底
谨警地积蓄着什么奇珍？
静谧之处的松软的心座上、
充盈温柔的双乳的凉荫里、
初萌爱情的灿明的霞光中、
羞闭的眼睑下可容我小憩？
那儿绽开了芳香的憧憬，
子夜驰骋着孤清的梦幻，
春日黄昏可闻迷惘的叹息，
月夜里两滴眼泪挂在腮边。
你新置的温馨的梦榻上，
可容我片刻舒坦地卧躺？

丰 乳

在青春的春风的徐徐吹拂下,
少女心底纯正、甜柔的爱欲
在胸前开出两朵娇嫩的鲜花,
琼浆似的幽香令人心荡神迷。
柔情的澄清细浪昼夜不停地
拍击轻烟迷蒙的心湖的沙滩。
聆听情笛的召唤,含羞的芳心
欲冲出躯体,寻找外界的缠恋,
乍遇阳光,便猛地收住脚步——
满面绯红,往衣襟后面躲藏。
生长的爱情之歌一天天成熟,
应和着心律庄重热烈地奏响。
看,那是处子的神圣殿阁,
看,那是母亲特有的莲花宝座。

回 忆

凝注你颀长的身姿,脑海里
不觉浮现千世之前的韵事。
你眼里储存逝去的无限欢愉,
回荡着世世代代春天的乐曲。
你仿佛是我被忘却的灵魂,
是我无终年寿的喜悦、哀伤,
是万千世界的泛香的花林,
是夜空无数新月的明媚清光,
是无数个白昼的离别的悲痛,
是无数个夜晚的幽会的羞赧。
那娴笑,那泪水,那柔情,
此刻均化为甜柔的形象呈现。
日日夜夜端详你迷人的脸庞,
我的心仿佛渐渐消失在远方!

咏 海

啊，大海，洪荒时代的母亲！你生的陆地
是你怀里唯一的娇女。为了她，你眼里
没有一丝睡意，胸中交织着失意和憧憬，
日夜心神不宁。你吟诵吠陀圣典般的涛声
响彻宁静的蓝天。遥望雷神因陀罗的天国，
你在心里喃喃祈祷，日夜吟唱的吉祥之歌
传遍天涯海角。你以万顷波涛之索紧紧
维系，以凉爽肢体久久拥抱、无数次亲吻
沉睡的大陆。你满怀关爱之情，悄悄走来，
动作轻盈而巧妙地，用你宽大的蓝色裙子
遮盖她的肢体。啊，大海！你做多么深沉、
庄重的戏游，你脸上假装露出冷漠的神情，
轻手轻脚，步履缓慢地退到很远的地方，
仿佛一去不复返。俄顷，掀起滔天波浪，
欢叫着，雀跃着，返身扑向大地的胸脯——
你面带莹洁的笑容，眼泪饱含仁爱、幸福、
自豪，濡湿广袤大地淳朴、宽广的额头，
并为之祝福。你的母亲之心博大、温柔，

充满无穷无尽的仁慈——哪儿是它的肇始、
终了？哪儿是它的岸、它的底？你说谁
能读懂它的笑颜泪水、深不可测的宁静、
欢快奔放的话语、浩渺的无际的亢奋
和深邃的沉默？——但有时候你似乎
控制不住自己，像一个疯女似的跑来，
晃动着充盈情爱的丰满乳房，以残酷的
激情将陆地搂在胸前。陆地被压得战栗，
憋闷得大口喘气，一边流泪一边哭喊，
疯狂的情感的饥渴使你像魔女一般，
抓住它，摇撼它，折磨它，仿佛要在
惊天动地的毁灭中，永不满足地
将它吞没。片刻之后，你像一个罪人，
倒卧沙滩上，许久一动不动，默不作声，
满腹落寞的痛楚——晨曦冉冉上升，
向你投去安详的目光。钟爱你的黄昏
以细嫩的手摩挲你，宽慰你，悄然
步入"暝黑"的宫阙。你的朋友"夜晚"
听见你悔恨、压抑的啜泣。

坐在你岸边，我，地球的儿子，
谛听你的喧嚣，以为可以听懂
些许内涵——它犹如哑巴对亲人

打的手语。我的心脏、脉管里
流淌的鲜血,虽从未学习手语,
却能完全理解。我恍惚记起:
昔时我融化在你宏大的子宫内
不可知的泥沙的胚胎中,我心里
亿万年镌刻你不息的歌声,
前世的记忆以及你腹中孕育的陆地上
你母心的律动——穿过周身的血管,
极其微弱,像暗示一般。合上双眼,
我坐在空寂的海滩上,听着那古曲,
你完整,无涯,得意忘形,不明白
拥有妊娠初期的无穷奥秘,独自
从四面八方跨越一个个时代。孕妇
初萌的母性、对母爱的隐秘渴求、
不可目睹的奇妙感情、无可名状的
绚丽遐想,昼夜在你无儿的怀中腾起。
每日朝霞走来,卜算你伟大儿子的
诞辰,满天的繁星夜夜俯首凝视
你清空的床榻。远古孤苦的母亲
无儿无女,你的爱怜活泼而凝重。
你清醒的欲望充满对未来的期待,
你幽深的心底,对壮丽未来的
难言的忧思,仿佛跨越千年万世,

一再在我的心中浮起。于是
我心中也充满莫名其妙的焦虑。
于是,我也迷惘地期待,心儿
喃喃地猜测着视力不可企及的
遥远的未来。我浩瀚的心海中,
仿佛不知不觉每时每刻正上升
一片新大陆。只有模糊的感觉能
使它激动,在心里赋予它无从
实现的无影无踪的美丽憧憬——
它一直待在直观之外,无法验证。
争论对它嘲笑,可心灵说它是真实,
频频受到打击它也不容人对它怀疑,
好比母亲感觉到腹中胎儿的蠕动,
乳汁便充溢乳房,心中涨满柔情。
怀着无语、迷茫的希望,哦,大海!
我凝视着你!你哗哗地大笑不止,
以汹涌的激情,以相通的血脉
将我的魂魄摄入碧波,恰似怀里
抱一个婴孩。

啊,大海!
你可曾听懂我的话?你可曾
知道你生育的陆地在挣扎滚翻,

不停地呻吟,喘息,泪流满面,
不知道追求什么,如何消除饥渴,
在一张变态的蜃景之网中,自我
在自身中消失。在你无底肃穆的心里,
像雨季的云吼那样,倾吐安慰的
新式话语!用母亲清凉的素手
轻轻地,抚摩她愁苦滚烫的额头!
千百次爱怜地吻她疼痛的躯体,
对她说:"安静下来,安心酣睡!"

水　路

晴空霎时彤云蔽，
疾风飕飕似鸣镝。
　　雨云雷频鸣，
　　轰隆复轰隆，
白浪素波汹涌起。
疾风飕飕似鸣镝。

风过处林木摇曳，
呻吟声声甚凄切。
　　金蛇云中游，
　　四野亮如昼，
漠漠晦暗顿撕裂。
风过处林木摇曳。

九天降落滂沱雨，
雨脚如麻久不住。
　　间或歇片时，
　　积得双倍力，

狂倾疯泻似飞瀑。
九天降落滂沱雨。

蒙蒙烟雨罩万径，
焦虑心疑时光凝。
　　怅然望暗天，
　　猜度总茫然，
白日是否已逝泯。
焦虑心疑时光凝。

野渡无人泊孤舟，
舟中淹留难释愁。
　　何时归田庄，
　　茫茫水路长，
暮霭漫漫浓且厚。
野渡无人泊孤舟。

茕茕斜卧舱一隅，
遥想长思愁满腹。
　　油灯红一点，
　　彻夜与吾伴。
睡神何曾阖双目？
遥想长思愁满腹。

暮闻惊雷心胆战，
以手抚膺喟然叹。
　　隔棂望夜空，
　　忧思萦心胸，
长夜独度何凄然。
暮闻惊雷心胆战。

江风一阵倏吹来，
虚掩舱门砰然开。
　　灯火霎时熄，
　　物影乱战栗，
清泪不觉簌簌落。
抚胸瑟瑟心哆嗦。

郁郁寡欢眼一双，
离人心间常浮荡。
　　风狂雨更肆，
　　霹雳磨利齿，
夜空号哭徒悲伤。
离人心间杏眼荡。

晴空霎时彤云蔽，

疾风飕飕似鸣镝。

雨云雷频鸣,

轰隆复轰隆,

白浪素波汹涌起。

疾风飕飕似鸣镝。

猜 疑

你为什么不理解我?
　　你那双探询的眼睛,
　　　羞涩,娴静,
　　总把我的心思揣摩,
如同安详的一钩新月,
　　俯视着沧海碧波。

我并没有掩饰什么。
　　我的一切一目了然,
　　　在你的眼前,
　　我袒露了我的心。
我捧出你期盼的一切,
　　你怎么还不理解我?

我的爱若是宝石,
　　　我举锤敲成碎片,
　　　　反复地挑选,
　　　百般细心地

用柔丝连成一串项链，玲珑晶亮，
　　戴在你的颈上。

我的爱若是花朵，
　　娇小、圆润、鲜艳，
　　在霞光中展开花瓣，
　　在温煦的春风中摇曳。
我从花枝上轻轻摘下它，
　　簪在你的乌发。

啊，情人，人之心海，
　　　何处是水，何处是岸？
　　　海上漂泊，方向难辨，
　　　它是储藏无穷奥秘的邸宅。
女皇，你不知道这王国的往昔与未来——
　　　可终归是你的都邑。

我如何向你表白？
　　　我不知道心底
　　　昼夜弹奏哪支
　　无声的情曲，
　　像静夜低微的话音回荡
　　　在万籁俱寂的穹苍。

我的爱若是幸福，
　　　嘴角浮起
　　　若有还无的一丝笑意，
　　能唤醒昏睡的欢愉。
一霎间就能明白心意，
　　再说话完全是多余。

我的爱若是痛苦，
　　　两眼充溢
　　　盈盈泪水
　　嘴唇憔悴，神色凄楚。
窥见内心的悲伤，
　　只得无语地诉说衷肠。

啊，情人，心儿的爱情，
　　它的苦乐交织的感情
　　　无始也无终——
　　永远金子般珍贵，也永远清贫，
日日夜夜苏醒着新的激情，
　　我没有向你解释的本领。

你不理解我，没有关系！

愿你永世对我凝注,

在新鲜阳光下朝暮

解读我的情绪。

可理解的一半是爱情,一半是心——

这两者何时何人看得清?

心之贾牟拿河

如果你要用罐汲水,来吧,走下
　　　我的心河!
潺潺的河水会流着泪把你的纤足
　　　搂在心窝。
今日厚密的雨云,似浓黑的头发,
　　　把两岸严遮。
你是谁?姗姗而来,我熟悉的足镯声,
　　　清脆、欢乐。
如果你要用罐汲水,来吧,走下
　　　我的心河!

如果你把水罐抛到水面上,想坐在水里,
　　　怡然小憩——
来吧,这儿芳草萋萋,河岸上百花吐艳,
　　　雨天初霁。
芳魂将从你的黑眸飞出,解开的纱丽
　　　垂落在地。
你坐在如茵的草丛中,凝视青藤缠绕的大树

陷入沉思。
如果你把水罐抛到水面上,想坐在水里,
　　　怡然小憩。

假若你想潜泳,来吧,来吧,纵入
　　　我的深水中!
蓝色纱丽有何用?丢在岸上吧,有碧水
　　　遮你的羞红。
友好的清波将掩盖你的肢体你的
　　　玉颈酥胸——
围着你时而流泪时而欢笑,潺潺地吐露
　　　爱慕之情!
假若你想潜泳,来吧,来吧,纵入
　　　我的深水中!

如果你想永别凡尘,来吧,跃入
　　　我的心河!
冥河一般的碧水,无底无岸,
　　　平静,清澈,
没有昼夜,没有始终,深水中
　　　不演奏音乐。
忘怀一切,挣脱羁绊,河岸上撇下
　　　所有的工作。

如果你想永别凡尘,来吧,跃入
　　我的心河!

丰熟的八月

河水涨满，稻谷遍野。
我坐着思忖唱哪支情歌。
　　格达吉花装点
　　芳草萋萋的河岸，
　　从白素馨花园
　　　飘来一缕热烈的芳香。
一阵喜悦充溢我的心房。

阳光灿烂，绿叶闪光；
我琢磨哪个姑娘眼睛又黑又亮。
　　一株株迦昙波树，
　　一片片新叶绽舒，
　　似乎已变得浓稠，
　　　那树叶间是溢香的幽黑。
我对谁说我爱上了谁？

雷雨停止，日光明丽，

我思考着送什么见面礼。
  一朵朵白云
   驾清风飞骋,
   累得筋疲力尽,
    显得烦躁不安。
拟定的方案裂成一百块碎片。

白昼行进得困倦、麻痹。
别人也像我这样闭目沉思？
   枝条抖颤瑟瑟。
    卡弥尼花朵,
    垂落,垂落,
    落满一地。
朝夕是谁吹凄婉的苇笛？

林地缭绕着鸟儿动人的歌唱。
我问自己为何突然间热泪盈眶。
   枝头上晃动的黄莺,
   歌喉甘露般甜润,
   树叶郁郁葱葱,
    簇拥着一对情鸽。
这一切使我沉入莫名的怅惑。

廉 耻

淳朴的心灵,
整个儿赠送,
我仅仅留下了廉耻,
黑夜,白昼,
自我监督,
小心翼翼地遮掩自己。

哦,情人,纱丽的
透明是无语的揶揄。
唉,我哪有工夫注意掖拢——
你的眼角
漾着暗笑。
霎时间我羞得无地自容。

我偶然发现
纱丽的边缘
被调皮的南风一把撩开,
不胜惊惧,

浑身战栗，
不知多久才平静下来。

关闭着房门，
　　久坐胸口憋闷。
我松解缠身的裙衣，
　　坐在窗口，
　　晚风爽柔，
将我沉入忘我的惬意。

　　圆月的银光
　　　飘飘然垂降，
降临我初开情窦的花蕊。
　　满脸笑意，
　　展开素衣，
覆盖我春情萌生的肢体。

　　风儿吹起发丝，
　　　拂拭胸脯、脸腮。
空气中流荡着馥郁的花香——
　　你的来临，
　　犹在梦境，
周围的一切均被遗忘。

亲爱的,松手!

珍宝暂莫取走!

容我维护无瑕的童贞——

最后仅有

些许臊羞,

情人面前若现还隐。

不要动气激愤!

不要双泪晶莹!

多少个夜晚我为此也哽咽,

无从解释

一切给予,

为何单单守护着贞洁——

我的童贞对你

是个未解的谜,

这一点上我似乎过于吝惜——

不是不信任,

不是寻开心,

亲爱的,也不是故弄玄虚。

情郎哟,春夜里

品尝爱的花蜜,
　动情地凝视我的面孔!
　　推着秋千,
　　　语甜声软——
万不可贸然折断花茎。

　　　凭青青花茎
　　　培育着芳馨,
　我一层层对你展开。
　　姿色动人,
　　　我的全身
透散着崭新的风采——

　　　美好的时刻,
　　　玩得多快活!
　春天路旁百花争妍,
　　　听着,亲爱的,
　　　一切归你,
　我暂且留下廉耻之感。

不可摇撼的记忆

不可摇撼的记忆
　　如皑皑雪峰，
在我无边的心原
　　巍然峙耸。
　　我的白天，
　　我的夜晚，
环绕幽静的雪峰
　　交替往返。

记忆把脚一直伸进
　　我的心底——
在我辽阔的心空
　　头颅昂起。
　　我的诗魂，
　　像朵彩云，
围绕它畅笑、低泣，
　　等候施恩。

我晓梦的青藤绽生的
　　绿叶、花簇
欲伸出柔润的手臂
　　将它抓住。
雪峰摩天,
　　杳无人烟,
希冀的孤鸟日夜在
　　幽谷盘旋。

它四周是无尽的行程、
　　人语、歌声,
唯独中央是凝固的寂静,
　　恰似入定①。
纵然驰远,
　　峰峦犹见,
心空深深地刻了一条
　　荧荧雪线。

---

① 入定,指坐禅时心不弥散,进入安静不动的状态。

贫 穷

我加倍爱你,因为你贫穷,
啊,大地,我爱你的仁慈——
看见你惨笑,满面愁容,
一阵剧痛从我的心底涌起。
你献出胸中的热血、乳汁,
把生命赋予儿子们的身躯。
目睹儿子神色憔悴、忧郁,
慈爱的你拿不出一滴甘露。
你世代想以色彩、馨香、歌曲
建造一座富丽的人间天堂。
这项工程至今还没有结束——
不见天堂,你只造了天堂的幻影。
你慈祥的面庞因此悒悒不乐,
泪水融进了你宏广的美德。

羁　绊

羁绊？不错，一切皆为羁绊——
仁善，爱情，对幸福的企求……
母亲撩衣，露出的乳房丰满，
她以乳房里常鲜的血浆之流
养育灵魂。对乳汁的渴望
以祈福的形式含在婴儿口中——
如同本能的饥饿、情欲、向往，
宇宙的一切情味，充满苦乐
而富于无穷魅力，千秋万世，
各种珍贵的生命渐渐富于
灵性；年复一年新的憧憬
出现于情趣高雅的华堂。
打消啜乳的念头，把母爱之绳
举刀砍断，解脱岂不荒唐？！

解　脱

紧闭眼睛、耳朵、感官、灵魂，
冷漠厌恶地面对着纷乱的人世，
谨警地保护着纯洁的渺小的心，
期冀解脱，我挥臂正游向哪里？
世界的巨轮从身旁迅疾地向前，
旅客的歌声愉悦着蔚蓝的天空，
十面来风，鼓满洁白的日光帆，
神奇的美德倾注于无数的心灵，
一切悲啼、笑语、亮光、幽暗，
缓缓地，越来越远地渐次逝去。
广阔的土地上游荡的灾祸苦难
无可奈何地哀鸣着跃入了空虚。
乱世假若一路号泣着走向末日，
我何必冷寂地卧在解脱的坟里！

孟加拉母亲

让你的儿女在欢乐悲伤、
善恶荣枯中锻炼成长！
啊，慈祥的孟加拉母亲，
别让他是怀中永久的稚童。
让他走进现实世界，寻觅
于他最合适的立足之地。
别以清规戒律的绳索牵住
有为的儿子奋进的脚步。
让他在战斗中忍受伤痛；
正确、谬误，以心镜照清。
懦弱、腼腆、胆怯缠着你儿郎，
让他舍弃家产，走出高堂。
啊，无比善良的孟加拉母亲，
七千万孟加拉儿女尚未成人。

月 夜

啊,宁静的圆月,让我烦躁的
心平静下来,平静下来!极其
迷茫的期望一再冲撞我的胸膛,
来吧,在我炽热的痛楚之上,
洒下你的清泪;用你的百瓣
莲花般洁白柔软、充盈酣眠、
梦幻似的手抚摩我的肢体心灵,
啊,月夜,让我忘却一切伤痛!

多少天之后,今天才刮起南风,
啊,恬静的圆月,我这胸中
痴心的愿望,是把发烫的头颅
紧贴你的纤足,眼里无声地流出
壅塞的泪水!从灰蒙蒙的天际,
从轻柔的月光之河,徐徐落地,
面带微笑,低垂双眼,伫立在
我冷清的床前吧。乘坐晚香玉的
香风芳波,随心所欲四处游玩,

观赏；在梦境的溶溶月光之园，
吹响思恋的情笛；让你的长裙
在风中飘起，一次次拂触亢奋
我的肢体；让急不可耐的树木
簌簌喜颤；让我头上一对鹧鸪
齐声唱起远方也能听见的歌曲；
让梦中慵倦沉寂的小河，像舞女
沉睡，静静地躺在前面沙滩的
尽头。

你看，世界在沉睡，
家家门窗关闭。只有我一个人
异常清醒，在宇宙的酣眠之中
闪现你的无限之美，闪现三界
真切的欣喜。无尽的渴望把我
折磨得疲惫不堪，我终日焦虑，
难以安然入睡。我日日夜夜在
心殿上为从未见到面的神明
敬献祭品——我总是一个人
坐在理想之岸上，以敲碎的心
塑造偶像，这是无终的工程。
来吧，为我祝福，神秘之女！
来吧，把你拥有的无穷奥秘，

——展示——今日撕碎遮覆
茫茫天宇的亘古如斯的帷幕。
无边的大海安静、沉默、稳定,
从大海中冉冉升起吧,如同
年轻的吉祥女神登上我的心岸,
站在我眼前。好像艳丽的花瓣,
一个个时辰在四周静静绽开,
又相继凋落——夜色分崩离析,
纷纷扬扬飘落。解开你胸前的
衣襟,露出洁白的眉宇,撩起
遮住秀目的发丝。在这深邃、
寂静、无忧的夜里,向我展示
我未见过的凡世的崭新模样。
伸出玉手怜惜地抚摩你足旁
我渴盼已久的心。俯下身亲吻
一下我的前额,就像亲吻空中
孤寂的黄昏星;在我的全身
荡起拥抱的回忆,操脉管之琴
弹奏永恒之曲。让我的心儿
无比欢乐地绽放——似歌曲的
旋律在空中荡漾。哦,永生者,
这一夜让我成为不朽的我。

我坐在你们洞房的门前——
喁喁情话萦绕在我耳边,
你们戴的一对对金足镯相碰,
晃出叮叮当当悦耳的声音——
是哪位情女云鬓上的花朵
落到我的胸口,激动昂奋着
我的情感之河?在哪儿歌吟?
你们是谁?聚在一起,畅饮
斟满金觞的芳香扑鼻的琼浆。
新绽的琪花花串挂在你们头上,
随风飘来的一缕缕芳菲,
使我的心如疯似狂,勾起
我奇特的离情。开门吧,开门!
你们中间举行的美的盛会中,
让我进去一次!欢乐之林中,
是宁静的庙堂——那儿安置
一张花床,珠灯闪射着柔光,
坐着吉祥女神,圣洁的姑娘,
毫无睡意,深受世界的爱怜,
我这个诗人为她送来了花环。

都市之歌

广阔、宁静、翠绿,吉祥、纯净、旖旎,
身着晶蓝罗衣的孟加拉平原,今日何在?
何在,蜜蜂的嗡嘤,荫翳凉爽的秀林,
阳光普照的天空?船儿,往何处开?
哦,城里人群如密林,街衢纵横,高楼接云,
鳞次的商店有丰富的商品,有鼎沸的喧声!
有意义的、荒唐的,正搅浑天堂人世,
炽热的飞扬的尘土窒闷着青空。
破残的转瞬即逝,留不下浅浅的痕迹,
霎时凝聚,霎时分离,奔向死亡之海。
悲怆的哭,冷峻的笑,卑劣的奴性,狂妄的倨傲,
刻薄的言辞,升迁的求讨,麇集着走来。
没有瞬间的静止,没有甘愿的退避,
无穷的黑夜白日,向着光影行进。
似有魅惑的金鹿①金光闪闪地翩舞,
贪婪的男女老幼,跑去想把它生擒。

---

① 典出史诗《罗摩衍那》,罗波那命摩哩遮变成金鹿,引走罗摩,劫走了罗摩的妻子悉多。

城市像祭祀的火塘,祭火的巨口已开张,
喷吐着饥饿的火光,升腾着舔着碧空。
一群群男女立刻将心灵之杯敲破,
火口以生命填塞,当作供奉的牺牲。
四周聚集的信徒希图辉煌的亡故,
投入鲜血、肉骨,投入修成的一切功果。
化为凶猛的火焰,烟雾在天空弥散,
使日月星斗黯淡,好一场宇宙的大火。
溃散的云霾依然纠缠炽烈的火焰,
懊丧,悲啼,滚翻,吁出滚烫的气息。
如同亿万只雌鸟目睹康达婆森林①燃烧,
在空中盘旋,哀号,扇动软乏的铩羽。
婆罗门,刹帝利,吠舍,首陀罗,圣人,卑贱者,
妇孺老幼自行集合,修筑可怕的生活之坛。
看到燎原大火的舞台,他们的心急不可耐,
想切割自己的血脉,如飞蛾直扑灯盏。
哦,都市,你泛沫的酒,涨溢,起伏,像江流,
今日且沽来几坛解愁,烂醉如泥,把自己忘却。
哦,都市母亲心如铁石,我将参加你的盛会,
神志清醒,毫无倦意,度过疯狂的不眠之夜,
人群川流不息,盛大聚会不受限制,

---

① 史诗《摩诃婆罗多》中描述的贾车拿河畔的树林。

我与他们融为一体，打碎幽秘的梦乡。
我鄙视渺小的安舒，飞上浪尖，跃入浪谷，
将彗星的曳光揪住，伸臂揽一轮骄阳。
命运之神做的新游戏，有时吉利有时不吉利，
有时苦涩有时甜美，我收下所有的馈赠——
置身于苦乐的循环，悠悠荡着城市这秋千，
时而嗖地跃上诗坛，时而跌入散文的深宫。
胜利的号角高擎，我不温善，我不安宁，
难以把握的事情，紧抓不放，施出全力。
我冷酷，我残忍，世上万物必占一份，
从别人的口中使劲儿抠出归我的东西。
我知道这茫茫大地是我足座的固基，
盗贼的行径与君主的疆域，二者无甚区别。
我劫掠一切财富，夺取大片农作物，
骑着马祭中生还的马驹，无所畏惧地奔向世界。
带着新的饥渴、欲望，带着工作的热情豪放，
将人生的崭新篇章一页页快速翻过。
脚下的路曲折蜿蜒，没有起点没有终点，
风驰电掣，催马扬鞭，飞渡沧海、山冈、大河。
我是失巢的夜鸟，只朝前极目远眺，
都市女神，你也迅跑，懵懵懂懂跟着微笑的鬼火。
我不叩拜祈求布施，也不停下脚步等你，
谁厉害须得比试——我定能将你缚锁。

自古生命不能永驻，尊严，声望，财富，
绝不是哪个人的奴仆——时光之河向前奔流。
只有短短几个白天，只有短短几个夜晚，
且将人生之觞斟满那人寰纷争之酒。

生命之神

哦,最贴心的,
走进我心里,你的饥渴
　　可曾消释?
千万条忧喜的泉水
斟进了你擎着的杯,
我的胸像踩瘪的葡萄,
　　受着狠毒的压挤。
繁复的色彩、香气,
繁复的音调、旋律,
全部叠铺在你的
　　洞房花榻上——
你颈上欲望的金链
是由我日日串编,
根据你瞬息万变的情趣
　　改换着花样。

哦,生命之神,接受我,
　　你有什么期望?

对我器重？对我偏爱？

我的曙光，我的暮霭，

我的游乐，我的工作，

　　在你清静的高堂？

春天，雨天，秋天，冬天，

你能够清晰地听见

我的心曲，端坐在

　　华美的御座上？

你采我的心花串编

戴在颈上的花环，

可曾步入我的心田的

　　青春之林游逛？

你两眼看见我心房里有什么，

　　我的情人？

你能够宽宥我的缺点、

　　我的沉沦？

朝不侍奉，暮不祭祀，

神啊，你一再愤然离去——

献祭的鲜花枯落在

　　凄清的空林。

这把弦琴弹奏的乐曲，

越来越弱，越来越低，

哦，诗神，你允许
　　我唱你的歌曲？
浇灌你栽的花卉，
树荫下沉沉慵睡——
夕阳西下，归来噙着
　　懊丧的泪水。

哦，生命之神，
　　我曾拥有的一切——
仪容，灵魂，睡眠，知觉，
　　浩歌，俱已灭绝？
臂膀松软，下垂，
狂吻不令人心醉——
生活的密林里，朝晖
　　驱逐了幽会的吉祥之夜？
终止今日的聚会吧，
赐予新容貌和风华，
陈旧、落伍了的我，
　　请再度接受——
让我再结良缘，手腕系
　　一条新生的红绸。

中　年

青春之河湍急的水流中，
我迅快地漂游。温暖的
春风吹来，河边的树林里，
繁花争奇斗艳，杜鹃啼鸣，
躲在枝头上——可我不曾
清晰地听见看见，我一直在
激荡的浪尖上疯狂地游泳，
挣扎，摇晃。今日白昼消逝，
我中止各种游戏，爬到岸上，
隐居于僻静处的一间草房。
耳朵中飘进奇妙的波浪之曲，
晚风送来林中醉人的芳馨——
我睁开惊异的眼睛抬头凝视，
无限的世界在远空缓缓苏醒。

干 旱

据说远古的人间,俗人的爱情
感动得神仙从天堂冉冉降临。
那年代已经死灭。维沙克月①
不下雨,农田焦枯,河流干涸。
农村那些惶恐不安的妇女
一次次虔诚地祈祷:快下雨!
她们抬起一双双忧郁的眼睛,
把热切的希望投向万里晴空。
但天不降雨,聋哑的热风
吹散欲聚的云片,径自飞奔,
烈日长长的火舌无情地舔尽
空中飘荡的水汽。如今天神
均已衰老,唉,黑暗的时代,
女人祈求只能唤醒凡人的爱。

---

① 印历一月,公历四月至五月。

被俘的英雄

五河①之滨，
束发的锡克人
在师尊的号召下
幡然苏醒，
无所畏惧，勇敢坚定。
"胜利，属于古鲁吉②！"
千千万万锡克人的口号声
响彻天空。
初醒的锡克人
深情凝望
初升的太阳。

"阿罗克·尼让赞③！"
雷鸣般的欢呼
震断胆怯的锁链。

---

① 指旁遮普的苏特来吉、贝阿斯、季纳布、拉维和哲龙河。
② "古鲁"是师父的意思，"吉"指先生。
③ 锡克教徒的胜利欢呼声。

腰间的宝剑
欢快地铿锵地跳荡。
"阿罗克·尼让赞!"的口号
在旁遮普回响。

这一天终于来临,
不欠谁债务的锡克人
心里不知道惊恐。
生死不过是脚下的奴仆,
胸中绝无忧忡。
旁遮普的五河之滨,
这一天终于来临。
德里的王宫里,
王子淡淡的睡意
一次次飘逝。
是谁的欢呼震天动地,
驱散了黑夜的沉寂?
是谁高擎的火炬
映红了夜空的额际?

啊,五河之滨,
虔诚的教徒的血河
在滚滚流动。

千万个胸膛被刺破,

千万个灵魂

像鸟儿飞向各自的巢窠。

啊,五河之滨,

英雄们把血红的吉祥痣

点在祖国母亲的眉心。

死亡的怀中,

莫卧儿人与锡克人交锋,

双双对对

掐住对方的喉咙,

如受伤的巨蟒和苍鹰

竭尽全力地拼命。

这天鏖战异常残酷。

锡克族的英雄

以雄浑的声音

高呼:"胜利,属于古鲁吉!"

疯狂叫嚷"迪那①,迪那"的

是那些莫卧儿士兵。

库鲁达斯城堡的一场战斗,

---

① "迪那"是伊斯兰教徒战斗时喊的口号。

潘达不幸成为
莫卧儿士兵的俘虏。
像一头雄狮
被坚硬的铁链束缚,
在德里的街上行走。
库鲁达斯城堡的一场战斗,
潘达不幸成为俘虏。

莫卧儿士兵走在前面,
扬起漫漫尘土,
枪尖上挑着割下的
锡克人的头颅。
七百名锡克俘虏走在后面,
脚镣哗啷啷响。
大街上行人断绝,
家家只开着小窗。
锡克人高呼:"胜利,属于古鲁吉!"
对死亡毫无恐惧。
这天莫卧儿士兵、锡克人
扬起德里大街上的尘土。

英雄们争抢着
站在第一排,

献出自己的生命,
悲壮慷慨。
在刽子手的刀下
俘虏高呼:
"胜利,属于古鲁吉!"
每天清晨,一百个英雄
献出一百个头颅。

杀害七百名俘虏
只用一星期。
末了,法官命人
带来潘达的儿子,
冷酷地下令:
"你把他杀死!"
孩子倚在父亲怀里——
稚嫩的孩子被反绑着手臂,
他是潘达唯一的儿子。

默默无语,
潘达慢慢地把儿子
紧搂在怀里,
右手轻轻抚摸着
他的头顶,

俯身亲吻一下
他绛红的头巾,
然后从刀鞘拔出匕首,
动作极慢,
深情地望着儿子的脸蛋,
在他耳边轻声说:
"别怕,孩子,
喊一声'胜利属于古鲁吉'。"
孩子清秀的脸上
闪耀着勇敢的光芒,
仰望着父亲大声喊:
"我不怕,胜利,
属于古鲁吉!"
喊声震撼了法院。

潘达左手挽着
儿子的颈项,
右手持匕首猛地
刺进他的胸膛。
"胜利,属于古鲁吉!"
孩子呼喊着缓缓倒地。
法庭里一片死寂。
刽子手用烧红的铁箸

烫烂了潘达的皮肉,

英雄屹立着死去,

不哼一声。

旁观者悲痛地闭上眼睛。

法庭里一片死寂。

悲怆的深夜

悲怆的深夜,你默然出屋,
踏上从未走过的陌生的路。
动身的时候你默默无语,
未收下任何人的送别辞,
踽踽步入沉睡的世界——
找不到你,在漆黑的子夜,
你那为我熟稔的温和容颜
隐入数不清的繁星之间!

你就这样空手归去,
不带一样家里的东西?
二十年①你苦乐的负重
丢在我怀里,你独自远行。
多少年你吉祥的双手以爱情
建立起来的美满家庭,
充满你真挚的温柔,

---

① 诗人的妻子穆丽纳里妮十一岁与泰戈尔结为伉俪,三十一岁去世,和诗人一起生活仅二十年。

今宵永别，什么也不带走？

你的倩影消逝了的庭院
日后会降临莫测的悲欢——
见屋空寂，受习惯的驱使，
向谁询问能够找到你？
一个问题此刻在脑海萦回——
哦，爱妻，你先于我远归，
你的纤手莫非在什么地方
为我安置黄昏永久憩息的卧床？

你的世界形象

啊,贤妻,离别久居的内宅,
今日你有了艺术女神的风采。
音乐的莲花座上你怡然伫立,
玛纳斯圣湖在你的脚下以
天地的艳影为你细心装扮,
你的心灵美不会遇到阻拦——
此时它欣喜地沁入宇宙中
不竭的欢乐、遍布的善行、
四射的光芒。你一对手镯
在所有贞女的手腕上闪射出
吉祥的柔光。你善良的心
与普天下的芳心浑然交融。
以幸运女神、艺术女神的容颜,
你的世界形象在我心殿闪现。

新鲜的离愁

我怅望着阴郁的蓝天,
想起一双涂着乌烟的清澈大眼——
　　嘴唇透出忧郁,
　　满脸恳求的焦虑,
　　分别之时,
　　　　相对无言,
我怅望着阴郁的蓝天。

大雨如注,电光闪闪,
林中浩歌的飓风疯疯癫癫。
　　我的心中,
　　溢满悲痛,
　　谁的话音
　　　　缭绕心田。
我怅望着阴郁的蓝天。

春 神

亿万年前第一个法尔衮月①,啊,春神,
　　　　你怀着疯狂的好奇,
首次开启天国乐园久闭的南门,
　　　　冉冉降临尘世,
突然站在俗人的茅屋的院落里,
　　　　身披金灿的云锦。
粗莽的风儿,从你薄软的罗纱下
　　　　吹出琼花的幽芬。
推开荆扉蓦然奔来一群男女,
　　　　带着竹笛、弦琴——
嬉笑着,狂舞着,兴奋地碰撞,
　　　　扬撒花粉。

春神,那遥迢的初生的原始蜜月里,
　　　　年轻的地球上,
你播布的花卉,沐浴着琼浆般
　　　　温煦的金光。

---

① 印历十一月,公历二月至三月。

那远古年代乍开的无穷无尽的
　　　　　隽永的花朵,
你岁岁送来——今日又盛饰了
　　　　　山川的花篮。
每片花瓣都印有鸿蒙初辟的
　　　　　被遗忘的业绩,
幽香中浮漾着仙逝故人的疲乏
　　　　　而甜美的回忆。

因而今日百花竞放的茂林升腾着
　　　　　蓬勃的生气
和无数昼夜青春的奇妙情绪——
　　　　　恋歌,甜笑,悲泣。
我编成的各种各样的花环此刻
　　　　　全部敬献给你。
花瓣上用清泪写着古代佚名丽人
　　　　　思恋的故事。
精心浇灌的初放的一朵朵玫瑰的
　　　　　血红的花瓣,
放映着惶惑的战栗的数不清的
　　　　　热吻的场面。

我的春夜里,四目凝视交换
　　　　　几多心语,

啊，春神，你的繁花把那秘密信息
　　　　传播到了哪里？
那金色花，那玉兰，那局促不安的茉莉，
　　　　满脸是晶洁的娴笑。
娟秀的夜来香，那么兴奋那么好奇，
　　　　扬起脸远眺。
多少个春天，它们朗读过我写的
　　　　青春的抒情诗；
交颈谛听两个胸膛里幽幽吹奏的
　　　　柔情的竹笛。

啊，蜜月，那失败人生的几许
　　　　最珍贵的诗篇，
写进你的芳香，在太空、陆地、海洋
　　　　千古流传；
织入一簇簇金色花、一丛丛巴库尔花，
　　　　绵延千世万代；
年年春天，随着杜鹃的悦耳的啼鸣
　　　　在林间传开。
啊，春神，你簌簌的微语里永储
　　　　我不死的感情——
我青春的炽热的憧憬，被三月春日
　　　　暮空的夕晖染红。

发明鞋子

赫布说道:"听着,爱卿迦普,
　朕昨晚苦思冥想,
不明白站在地上,双足
　为何被尘土弄脏。
汝等享受丰厚俸禄,
　丝毫不关心朕起居之舒适。
朕之泥土令朕痛苦,
　岂非王国的咄咄怪事!
　　速速为朕消除烦恼,
　　否则汝等性命难保。"

迦普领旨,回府苦想,
　胆战心惊,遍体冷汗。
幕僚们吓得面色焦黄,
　满朝文武彻夜无眠。
膳房里停烹佳肴珍馐,
　府中一片哀泣、唏嘘,

赫布的莲足前，迦普发抖，
　　银髯被滔滔泪水浸湿，
　　　　奏道："陛下圣足若不蒙尘土，
　　　　愚臣如何摸足，恩泽身沐①！"

国王听罢，摇头晃脑地思忖，
　　末了说道："言之有理——
不过先得清除灰尘，
　　摸足礼节以后考虑。
倘若没有足尘无从施礼，
　　汝等岂非白享厚禄，
朕何必豢养一大批
　　授官封爵的识字的奴仆？
　　　　汝等速办燃眉之事，
　　　　如何跪拜日后商议。"

迦普领旨，两眼发黑，
　　急忙恭请文武官员，
本国、异域的乐工、琴师，
　　才华横溢的学者、圣贤……
一副副眼镜架在鼻梁上，
　　少顷抹掉鼻烟十九盒。

---

① 印度人以摸足沾尘表示景仰。

斟酌再三，迦普启禀国王：
"揩尽泥土，世上岂有稼穑？"
国王厉声苛责："果真如此
学者们岂非走肉行尸？"

大臣们经过一番讨论，
传令购置一百七十五万把扫帚。
扫帚扫起烟尘滚滚，
国王口腔里尽是尘土。
烟尘中谁也睁不开眼睛，
灰尘之云遮蔽了太阳。
臣民们咳得面赤胸疼，
京城似在尘海浮荡。
国王大怒："除不了尘土，
倒使世界坠入尘雾！"

一群群人朝水源奔去，
腰里夹的水罐总数二百一十万。
池沼只剩下些烂泥，
江河里无法棹桨行船。
水里的鱼儿缺水憋死，
岸上的禽兽练习游泳——
商人在泥地上做生意，
疾病蔓延，遍野哀鸿。

国王骂道:"一群蠢驴,

　　消灭烟尘,世界成了泥地!"

再度举行会议磋商,

　　与会的圣哲名人
眼冒金星,头昏脑涨,

　　唉,想不出良策消灭灰尘。
有人建议:"用苇席、棉毯

　　覆盖大地,防止尘土飞扬。"
有人说:"请国王长居寝殿,

　　堵塞王宫的朱门镂窗。

　　只要国王不接触泥土,

　　灰尘就不沾污其莲足。"

国王闻奏说道:"此话有理,

　　然而,朕焦虑不安,
朕若惧怕灰尘,日夜幽居

　　寝宫,岂不断送江山!"
众臣献计:"请陛下降旨,

　　令皮匠将大地包裹,
整个陆地装入皮袋里,

　　以显示陛下无量功德。

　　一旦找到能工巧匠,

　　完成此事易如反掌。"

钦差奉旨四处寻访，
　　官员们撂下公务外出奔波。
可是找不到这样的皮匠，
　　无奈也没有偌大的皮革。
有一天来了皮匠的始祖，
　　老态龙钟，笑容满面，
说道："愿献妙计，如若允许，
　　陛下的心愿立刻能实现。
　　　　只要包裹陛下的莲足，
　　　　无边大地便无须裹住。"

国王赞叹："此法多简单，
　　举国上下竟无人想出！"
宰相暗骂："刺伤这老混蛋，
　　将他投入漆黑的监狱。"
老翁坐在国王的足下，
　　给他穿的鞋十分精致。
大臣暗说："吾心里早有此法，
　　如何教他窥见，这老东西！"
　　　　人们穿鞋，从那一天开始——
　　　　得救了，迦普与大地！

同一座村庄

俺和她住在同一座村庄,
　　这是俺俩唯一的幸福。
听见喜鹊叫,在她家树上,
　　俺的胸口剧烈地起伏。
她养的两只小绵羊
　　常在俺家榕树下吃草,
每当拱破俺家的篱墙,
　　就抱起可爱的羊羔。

　　俺俩的村庄叫康基那,
　　俺村的小河叫安吉那,
　　乡亲们知道俺的小名,
　　俺那一位名叫兰希娜。

俺俩家离得十分近,
　　中间只隔着一块地——
她家树上的许多蜜蜂
　　做巢在俺家的树林里。

她家邻居祭祀的花环
　　　在俺家的河埠边挡住；
她家邻居制作的花篮
　　　在俺家旁边集市出售。

　　　俺俩的村庄叫康基那，
　　　俺村的小河叫安吉那，
　　　乡亲们知道俺的小名，
　　　俺那一位名叫兰希娜。

俺俩村庄的小路旁
　　　杧果花缀满了枝丫。
她家地里亚麻籽泛黄，
　　　俺家地里大麻刚开花。
她家露台上闪烁星星，
　　　俺家露台上南风吹来。
她家果园里喜降甘霖，
　　　俺家的迦昙波花盛开。

　　　俺俩的村庄叫康基那，
　　　俺村的小河叫安吉那，
　　　乡亲们知道俺的小名，
　　　俺那一位名叫兰希娜。

我何等奇丽

肉体生命灵魂中融为一体,
我身上这出戏是多么神奇!
白天黑夜的恒久的舞台上,
何等奇异的灯光把暗空照亮!
奇妙!这绿原这海浪的涌动,
这树叶的飘逸这山峦的坚挺,
这丛林的幽暗。壮美、宏广,
这不停地编织的创造之网,
好像我的器官产生的幻觉!
一个生灵是一个阔大的世界。
你有团圆之榻,哦,我的国王,
渺小的我中间,无限之座那样
光彩夺目!哦,宇宙之帝,
肉体生命灵魂中我何等奇丽!

学 艺

我屹立在冲突、纷争中间，
佩戴的臂钏、耳环、项链
已经丢弃。武艺高超的师傅，
赐予我你那永不锈蚀的箭壶、
百发百中的神箭；各种武器
教我使用。让你父亲般的仁慈
化为永远回响的威严的号令。
艰巨的责任、难忍的剧痛中，
把我锤炼成受尊敬的新式勇士；
在我全身戴累累伤痕的首饰。
让我这位忠诚的仆人在成功
和失败的拼搏中赢得无上光荣。
莫将我搂在感情的柔怀，人世的
战场上让我成为自由无敌的斗士。

为何甜美

五彩的玩具递到你胖乎乎的手中,
我陡然明了,孩子,为什么晓云
泛彩流金,湖水为什么碧波粼粼,
鲜花为什么色彩绚丽——
当看见你胖乎乎的手玩着五彩的玩具。

当我唱歌为你伴舞,
我心里骤然省悟,
林木绿叶为什么低声细语,
为什么心湖荡起碧波——
当我为你唱着儿歌。

给你一小块喷香的黄油,
你舔着在屋里蹦跳不休。
我顿时明白河水为什么甘如美酒,
水果为什么充满沉甸的甜汁——
当把喷香的一小块黄油放在你手里。

吻一吻你红扑扑的脸蛋,
你露出天真无邪的笑颜。
我立刻省悟阳光为什么欣喜地照耀我的脸,
和风为什么把琼浆注入我的心间——
我相信是因为吻了你的脸蛋。

母 爱

他们住在高高的云层上,
对我呼唤,一声声呼唤。
他们说:"我们做游戏,
心情愉快,从早到晚。
早晨与金色的太阳戏耍,
晚上与银色的月亮游玩。"
我仰首问:"我怎样上天?"
他们回答说:"走到大地的边缘,
站在那儿举起双手,
我们拽你上云端。"
我犹犹豫豫,说:
"妈妈在家等我多么焦急,
我怎忍心同她离别。"
他们笑笑飘然而去。
妈妈,我要是一片云彩,
你就是一轮明月,
露台就是辽阔的夜空,
我轻柔的双手遮盖你的面孔。

他们住在汹涌的浪涛里,

对我呼唤,一声声呼唤。

他们说:"我们唱歌,

心情愉快,从早到晚。

弯弯曲曲,潺潺流淌,

流向没有地名的远方。"

我低头问:"我能跟你们漂游?"

"闭上双眼,"他们吩咐,

"在水边的台阶上站立,

我们把你卷入浪里。"

我迟迟疑疑,说:"暮色降落,

妈妈翘首喊我多么焦急,

我怎忍心同她离别。"

他们笑着滚滚而去。

妈妈,我要是水浪,

你就是很远的地方——

我躲在你的怀中,

谁也看不见你我的踪影。

月亮里的老太婆

月亮里一间简陋的草房里,
　　住着一位纺纱的老太婆。
她的年纪是七十万零二十岁,
　　童话故事里这样叙说。
她用雪白的棉线织网,
　　织到现在还没有织成。
她的计划是撒出这张网,
　　捕捉亿万颗星星。

织着,织着,她合上眼皮,
　　睡着了,睡得很香。
她在甜蜜的美梦中,
　　把一大把年纪忘得精光。
她在睡乡迷失了道路,
　　走进妈妈温暖的怀里。
她一笑,圆月银色的
　　笑容洒满了大地。
黄昏时分,她忽然想起什么,

抬头仰望天空，
对着月亮大声叫喊，月亮听着，
　　　笑着，一声不吭。
她高高地举起双手，
　　　想沿着睡乡的海滩上
那条来到人间的路，
　　　重返她月亮里的草房。

一转脸，她瞧见了
　　　妈妈和蔼亲切的面庞，
一瞬间，她忘了
　　　走哪条路能返回月亮。
没人知道那条路有多长，
　　　没人知道她的家在什么地方，
没人知道很久以前
　　　她是个苗条的姑娘。

然而她年龄的名气
　　　在印度各地传播——
村里人见了小女孩，
　　　总爱叫"老太婆①，老太婆"！

---

① 孟加拉地区的习俗，老人称呼女孩为"老太婆"是爱抚的表示。

年纪最大的老人不知
　　靠什么咒语、法力，
变成最小的女孩，
　　从月亮来到人世。

泥瓦匠

我大概是三十岁,
　　看外表却是矮个子。
妈妈,我是泥瓦匠那土,
　　不是你儿子希里斯。
每天天空刚露出鱼肚白,
我急急忙忙进城,坐在
　　达里兹先生的牛车上。
从早晨一直到中午,
忙着在砖头上垒砖头,
　　怎么想就怎么砌墙。
你以为我用泥块
做盖房子的游戏?
　　不是的,是真的房屋。
那不是一幢小房子,
三层楼啊拔地而起,
　　笔直的圆柱又硬又粗。
哪天你或许会问我,
砌六七十层不行么?

　　　　为什么只砌三层?
为什么不用红砖水泥
往上砌,往上砌,
　　　一层层砌上天空?
为什么不往上砌,最后
让楼顶碰到晶莹的星斗?
　　　其实我也正考虑这件事。
你问我究竟砌到哪儿,
这项工程才可以停止?
　　　我可回答不了这个问题。

当我兴高采烈地顺着
　　　脚手架爬上楼顶,
说真的,我感到这比
　　　做游戏更带劲儿——
一整天听师傅哼着小曲,
捣实浇筑楼板的混凝土,
　　　看很低的楼下移动着牛车。
卖瓷器的当当当敲瓷盘,
头顶一篮番荔枝的小贩,
　　　一面走一面高声吆喝。
大约四点半钟,学校
放学,孩子们往家奔跑,

咯咯地笑，身后尘土飞扬。
西天的夕阳坠落，
一群乌鸦呱呱叫着
　　越过大楼飞向东方。
天快黑的时候我走下
吱嘎作响的脚手架，
　　回到自己的村里。
妈妈，你知道池塘畔
为举行庙会搭的帐篷左面，
　　是我们居住的村子，
你们如果奇怪地问我，
我为什么照样住茅舍，
　　不是造了高楼大厦吗？
最大最高的那幢楼房，
为什么不属于我这个泥瓦匠？
　　我可不知道怎样回答。

吉祥痣

今日一睁开眼,就看见
　　　东方的绛色霞光——看见
　　　　　莲花似的霞光。
笑容可掬的朝阳
　　　为我描一颗吉祥痣——灿亮的
　　　　　吉祥痣描在我心上。
是谁在我双眼的眨动里
　　　　　嵌进了点金石?
纵目四望,视线
　　　　　接触的景物闪着金辉。
身内的,身外的,
　　　　　同融于一片光芒。
我的心,我的眼,
　　　　　迷离恍惚,不辨方向。

今日我举目远望,看见
　　　莲花似的霞光——在我的
　　　　心上描吉祥痣

我心里喃喃自语,决不抹去、
决不抹去这颗明亮的吉祥痣,
走向黄昏,我带着这
　　黎明的手迹——
　　　　朝阳描的吉祥痣。

太阳与露珠

"唉,谁能容纳你,除了苍穹?!
啊,太阳,我无法侍奉你,
　　　只看见你的梦。"
　　露珠说着哭泣,
　　"将你遏止,
啊,太阳,我没有这样的神通,
没有你,泪水才充斥
　　　我渺小的生命。"

"我以不竭的光芒普照大地,
然而,我愿意爱你,
　　　做你的知己。"
　　太阳笑容可掬
　　　降临露珠的胸脯,
"在你的体内我同样渺小,
我要使你短暂的生命
　　　充满欢笑。"

心　弦

你七弦琴流泻的乐音
　　跌宕、变幻。
琴弦间我悄悄地系上
　　一根心弦。
从此我这颗心
从清晨到黄昏，
与你弹奏的乐曲一起
　　铮铮作响——
我的灵魂与你的旋律一起
　　袅袅荡漾。

你的眸子里我点燃我的
　　希望之灯。
你的花香中交融着
　　我的憧憬。
从此白天夜晚，
在你绝世的娇颜之间
我的心放光，开花，

怡然轻晃,
我灵魂的影子隐现在
你的脸上。

神　钺

美不胜收啊，你的臂钏，
　　用一颗颗明星镶嵌，
我知道，它精致迷人，
　　金光闪闪，色彩斑斓。
你的神钺更加夺目，
　　绘有几道弯曲的闪电。
你的坐骑金翅鸟穿过
　　血红晚霞，飞翔在日落的西天。

像暮年最后的觉醒
　　闪射着伟大的情感——
我瞬间燃烧的一切中，
　　迸发出炽烈的信念。
美不胜收啊，你的臂钏，
　　用一颗颗明星镶嵌——
你的神钺，啊，雷神，
　　绘有最美的图案。

美

啊,美
朝夕和你在一起,
　　我的心灵荣幸,
我的肢体仁慈。
　　啊,美,
你的阳光下我的
眼睛动情地睁开,
我的心空缓缓吹过
　　芳香的微飓。

　　啊,美
你五彩的摩挲
　　染红我的灵魂,
你团聚的甘露
　　储满了我的心。
在你的暖怀中,
让我的生命常新,
从今世到来世,
　　啊,美!

乐曲的火焰

我心里你点燃的乐曲的
   火焰
    在四野
     蔓延;
   腾上万棵枯树,
   在瘦枝黄叶间跳舞;
仰望碧空,对谁
   举起双手?

暗空中窥视的繁星
   惊讶不已,
疾驰的狂风
   来自哪里?
黑夜的心田
   绽开了纯洁的金莲。
谁知道乐曲之火有
   这等神力?

无边无际

用喜悦塑就的我的身躯无边无际,
不竭的光和热藏于它的分子原子。
　　　　　　　　它无边无际。
繁花的芬芳赋予它惑魂的咒语,
使它摇摇曳曳的是水浪的旋律。
　　　　　　　　它无边无际。
它一层层积累着情曲的爱怜,
它沉浸于五光十色的趣味的波澜。
　　　　　　　　它无边无际。
启明星在晓梦中多次将它抚摩,
春天常给它倾注不可言喻的欢乐。
　　　　　　　　它无边无际。
啜吮历史的乳汁它获得了生命,
人世以圣洁的雨露培育它的光荣。
　　　　　　　　它无边无际。
它是我的伴侣,献给我新郎的花环,
我三生有幸,庭院里无数华灯由它点燃。
　　　　　　　　它无边无际。

我潜入"形象"之海

我潜入"形象"之海,
　　渴望获得"无形"的宝藏;
不再驾驶着破船
　　在各地的码头游荡。
　　　　现在是让洪波
　　　　冲击的一切沉没的时刻,
　　　　沉入琼浆的海底,
　　　　　年寿天一样绵长。

携带心灵之琴,
　　我将前往未听过的歌曲
正日夜演奏的
　　无底的水晶宫里。
　　　　谱写永恒之曲,
　　　　最后的歌充盈泪水,
　　　　我把无声的弦琴
　　　　　放在无语的仙师的脚上。

当生活凋零

当生活凋零,
来吧,化作慈爱的甘霖。
当甜美消失,
来吧,化作喜乐的芳醴。
  当琐事以可怖的形式
  吼叫着遮天蔽地,
  来吧,大神,步履平稳,
  走进我的心。

当贫贱的意识在心隅安卧,
使自己变得吝啬,
化作君王的凛威,
大神,来吧,开启心扉,
  当蒙尘的憧憬
  在冥顽的黑暗中耳目不聪,
  崇伟、不眠的大神啊,
  来吧,化作燃烧的光轮。

燃烧的情琴

你如何弹奏
    燃烧的情琴?
星光的优美歌声中,
    喜颤着夜空。
  也许因为你的手
  抚摩了我的情愫,
  生活之榻上
    崭新的创造苏醒。

弹得响你才弹拨——
    这样的光荣,
哦,天帝,使我心中
    一切都能容忍。
  你炽烈的火焰
  一次次在我的夜晚
  以痛楚点燃
    一颗颗新星。

黄昏女神

黄昏女神悄悄摘下
　　她金灿的首饰。
天际拖曳她散落的黑发,
手中捧着闪光的星辰之花。
　　暮色笼罩她的祭祀。

她缓缓地把自己的疲惫
　　塞进宁静的鸟巢里。
丛林深处,胸前的衣襟遮住
流萤之灯,安静的念珠
　　拨了一回又一回。

她藏起来的艳丽花卉
　　秘密地泄逸芳菲。
她生命的凝重的话音
在和风中悄然融进
　　沉甸甸的情思。

面纱后面她的秀目
　　噙着晶亮的露珠。
她风姿的无穷珍奇
对无形的幽黑表示
　　至诚的敬意。

站在外面

脱离自己的躯壳,
　　　　站在外面,
听见世界的回声萦绕
　　　　在你的心田。
让万顷波涛
在你中间跳舞,
　　　　让亿万生命摇颤——
　　　　站在外面,站在外面!

坐吧,蜜蜂,在蔚蓝中
　　　　摆张交椅,
朝霞的金色花粉,
　　　　涂抹肢体。
哪儿有无穷的憩息,
哪儿就展开你的双翼,
　　　　飞出一圈圈眷恋——
　　　　站在外面,站在外面!

外国花

哦,外国花,当我问你——
　　"你叫什么名字?"
你笑着摇摇头,于是我明了
　　名字无关紧要。
　　不是别的,那笑容
　　就是你的身份。

哦,外国花,把你捧在胸前我
　　问道:"对我说,
　　　哪儿是你的住处?"
你笑着摇摇头,说:"不清楚,不清楚。"
　　我于是明白,听你
　　讲不讲都没关系。
　　你肯定有栖身的地方,
　　　你的住房,
　　　不在别处,在理解你
　　　　热爱你的人的心里。

哦,外国花,在你耳边
　　我又问:"你操什么语言?"
　　　　你笑着摇摇头,叶片
　　　　飒飒地舒展。
我说:"我懂你的意思,
　　　你芬芳的言辞
　　　　无声表达企盼。
我的气息充满你气息的语言。"

哦,外国花,我抵达的第一天早晨问你:
　　　"你知道我是谁?"
　　你笑着摇摇头,我暗自思忖,
　　　这不要紧。
　　　　"我的心因你的摩挲
　　　　而充满甜蜜。"我说,
"哦,外国花,这比别人认识
　　　我珍贵许多倍。"

哦,外国花,当我问你:"对我说,
　　　你会不会忘记我?"
　　你笑着摇摇头。我知道你会常常
　　　　把我怀想。
　　　　两天后我

起程返回祖国,
那时,你不会忘记我,遥远的思念
领你我在梦中相见。

完　满

一

一个寂静的子夜，
　　　　怀着
　　　　　　不眠的激动，
你缓缓地低下头，
　　　　眼眸
　　　　　　盈泪，把我的手亲吻——
你对我说："你若远去，
　　　　每日
　　　　　　无边空虚的重荷
将我的情感世界
　　　　压得
　　　　　　像一片荒芜的沙漠。
天空布满的疲惫
　　　　从心里
　　　　　　将全部安宁夺走。
没有快乐，没有阳光，

哀伤

　　缄默，比死更难受。"

　　二

听罢，我把你的头

　　搂在胸口，

　　　　在你耳边轻声说——

"你如果弃我远去，

　　你的

　　　　歌曲里永远闪烁

一道道悲怆的闪电，

　　我的心田

　　　　在灼灼电光中愣怔。

离别的美妙的游戏

　　终日

　　　　在我眼中胸中进行。

到了远方，哦，情人，

　　你能

　　　　找到最近的心扉——

于是在我的世界你

　　可以

　　　　拥有完满的权利。"

三

大熊星座的星星
  聆听
    两位情人的耳语；
这耳语的一条小河
  流过
    一簇簇芳香的晚香玉。
之后，无边的分离
  以死的
    形式立在两人中间。
见面、交谈从此结束，
  轻抚
    丧失的无限里没有语言。
然而虚空并非虚空，
  苍穹
    蔓延悲痛的烈火，
一个个在火焰里
  以火曲
    创造梦的世界。

随　想

一

云彩是岚气的山脉，
　　　山脉是岚气的云彩，
怀着莫名的激情在日月的梦中，
　　　跨越一个个朝代。

二

颓败的凯旋门
　　　訇然倾圮，
废墟上，孩子们
　　　用泥土造游戏室。

三

　　　天幕上
我没有镌刻飞行的历史，

然而,
我的欢乐曾遨游天际。

四

大路尽头
没有我朝拜的殿堂,
我的神庙
矗立在村径的两旁。

五

鼓满
征帆的长风的背后,
枉然
追赶着河岸之心的啼哭。

六

不管轮圈怎样
跳着舞转动,
不引人注目的轴心
默不作声。

七

阳光的骄傲
　　洒遍九天,
在草叶上
　　一滴朝露里
发现了自己的极限。

八

望着镜子里的虚形而傲岸
　　是绝伦的荒诞。

九

名声如果高于实际,
　　对真实的你低下头去。

十

真实的无量的不死,
　　日日由死证实。

清 泉

清泉,你水晶似的
　　透明的泉眼里,
清清楚楚,你看见
　　你是明星你是红日。
微波中你轻摇着
　　泉畔我的影子;
你叮咚的笑声
　　融化我的影子,
你给予我的影子
　　永洁的情意。

我的影子,你的笑声
　　交织成一幅画作,
镶在诗人的心镜,
　　我享受无限快乐。
你的粼粼滢光
　　将新词送入我心房。
你通体的澄澈里,

我窥见我的志趣。
你的碧流中苏醒我的心,
　　我认识了我自己。

表 白

我选用"未知"之矿的新宝石
　　穿编项链,
为不知疲倦的新诗琴
　　系几根弦。
一似森林的新绸纱,
一似杧果树乍开的花,
一似早春的霞光中开启的
　　天堂的新门——
用我新鲜的情愫、
新鲜的青春写就的一首
爱的新曲,在弦上跳舞,
　　飘逸、轻盈。

我的心声从来没有对
　　任何人倾吐,
在歌的殿堂用它创造新的
　　舞蹈艺术。
今日无端喧闹的风中

萦绕着划时代的和声，
林木飒飒的抒情消释
 　　心情的黯淡——
揭去心声的压抑，
腾起新生的韵律，
乐曲的勇气惊喜了
 　　诗琴的新弦。

植树节

在空中挥舞战胜沙漠的大旗,
　　啊,旺健的生命!
增添泥土的光荣,以仁爱的善举,
　　啊,温柔的生命!
你飒飒的微语里何时升起
沉静的沃土的心中的歌曲?
绿叶、花朵、果实充盈甜蜜,
　　啊,迷人的生命!
来吧,行路的朋友,铺展
　　树荫美丽的绿毯!
来吧,风儿焦急的游伴,
　　振奋无垠的蓝天!
拂晓唤醒枝头赞歌的希冀,
黄昏送来消闲轻松的话语,
夜里建造酣睡之歌的卧室,
　　啊,慷慨的生命!

致帕卡萨城堡里的政治犯

太阳的赞歌嘲笑漆黑的子夜。
苍鹰囚在笼中,歌声不理会羁勒。
　　喷泉的细缝里
　　冲天而起的
受缚的水珠,对光明热情地祝贺。

幼苗顶穿冻土的厚垒,以奋起的
活力为晴空带来无比自由的咒语。
　　由于杜尔迦①赐恩,
　　庄严的时刻英雄
以死在人间建成一座天国的都市。

是谁向世界宣告"我们是天神的子孙"?
是谁颖悟英魂不朽,慷慨献身?
　　是谁在痛苦中懂得
　　毁灭中蕴含快乐?
是谁以囚徒锁链的韵律阐述自由的内容?

---
① 毁灭大神湿婆的妻子。

宗教迷信

谁被披着宗教外衣的迷信
擒获,谁稀里糊涂地受伤、丧命。
　　不信教也得到天帝的恩典,
　　不必为宗教虔诚大肆宣传。
忠诚地点燃理性的灯光
不崇尚典籍,崇尚人的善良。

打击其他宗教的教徒,
是对自己宗教的污辱,
　　父亲的姓氏殃及子女,
　　风俗习惯,不加分析,
庙里举起的旗幡血迹斑斑——
以祭神的幌子膜拜撒旦。

容世代的羞辱、鄙薄、
野蛮的变态的折磨
　　在宗教中繁衍的人,
　　用垃圾做自己的牢笼——

听,毁灭的法螺在吹奏,
时代手执一柄巨型扫帚。

给予自由的,被当作木桩竖立,
行将死灭的,用作差别的利戟,
  谁从甘露之泉汲取爱情,
  有人就打他的旗号把人世抛入毒海中,
凿穿船底,驶向彼岸的航船沉没——
这时,他们依然攻击,用心险恶。

哦,宗教之王,匡正宗教的谬误,
采取行动拯救愚昧无知的教徒。
  砸烂砸烂,今日砸烂
  鲜血淋漓的祈祷的祭坛——
雷击宗教的牢房的厚墙,
向不幸的国家投射知识的光芒。

阿斯温月初一

阿斯温月①初一,
微风中有了一丝令人发抖的凉意。
　　晓月的清晖
　　　　融入白夹竹桃的光泽。
好似顶礼的朝霞的红袍散发的香气,
　　白素馨的气息
　　　　在带露的碧草上流荡。
啊,今天是阿斯温月初一!

　　透明的曙光
在东方天空吹响了法螺,
　　腹腔的共鸣澎湃着热血。
　　古往今来,
多少国家的征服世界的豪杰
　　在死亡之路上策马飞奔,
艰难地寻找不朽的生命。

---

① 印历六月,公历九月至十月。

他们那胜利法螺的无声的余音
　　飘袅在露水浣洗的阳光中，
他们对下属发出的抛家别妻的呼吁，
　　又在阿斯温月初一响起来了。

财富的负担，名誉的负担，忧虑的负担，
　　　他们一股脑儿地扔进尘土，
　　镇定地冲向错综复杂的险境。
阴谋者用污黑的手朝他们的眉宇
　　投掷诋毁的石块；
　　　他们如彗星从天降落，
拔尽灼烫的艰苦的征途上
　　隐蔽的狡猾的细小的蒺藜。
他们得不到安闲憩息的机会，
　　　但他们不肯回头。
　　　　他们圣洁的旗幡，
在阿斯温月初一秋晨的云间飘扬。

　　　苏醒吧，我的心！
　　莫胆怯！莫贪婪！莫急躁！
朝着素锦般的芦花俯身致意的朝阳
　　　引吭高歌地行进！
从流血的躯体剪去颓丧的指甲，

　　　　拔掉幻想的根须,
　　把欲念踩成齑粉!
　　　　跨越死亡之门,
　　莫让失败的沉重和懊恼
　　　　压下你高昂的头!
　　今天是阿斯温月初一,
　　　　纯净的秋阳下,
　　历史上征服自身和世界的豪杰的呐喊
　　　　"莫怕!莫怕!"
　　　在无声的沉默中震响。

对死亡的高见

他们跑来对我说,
诗人,愿听您对死亡的高见。
　我欣然说道,
死亡与我亲密无间,
　他附在我每一条肌肉上。
我的心跳应和着他的音律,
　他的欢乐之河
　　在我的血管里奔流。
死亡号召我:
"甩掉包袱,向前,向前!
　在我的引力下,
　　以我的速度,
　每时每刻死着朝前走。"
死亡警告我:
"你如默坐着抱着你拥有的财物,
　看吧,在你的世界,
　　花儿凋枯,
　　　星光黯淡,

　　　　　江河干得只有泥浆。"
死亡鼓励我：
"不要停步，
　　不要瞻前顾后，
前进！越过困乏，
　　　　越过僵硬，
　　　　　越过陈腐，
　　　　　　越过衰亡！"
死亡继续说：
"我是牧童，
　　我放牧创造物，
从一个时代走向另一个时代的牧场。
　　我跟随生活的活水，
　　　防止它跌入洞穴。
我排除海滨的障碍，
　　呼唤它导引它注入大海，
　　　那大海就是我。
'今时'，想止步，想推诿，
　　把负担加在你头上。
'今时'要把你的一切吞进肚里，
　　然后原地不动，
像饱饮的魔鬼昏睡不醒。
　　那样它便是毁灭。

我要从终年呆木的'今时'之手

　　救出创造，

　　　携往崭新的无穷的未来。"

非 洲

远古的混沌时期,
　　自轻的造物主一回回
　　　　砸毁自己新塑的物象。
他烦躁不安、频频摇头的时刻,
　　非洲,凶猛的大海伸手
　　　　从东方的怀里攫走了你,
把你囚禁在密林守卫的
　　吝啬的阳光的内室。
　　　　孤寂的时刻,
你收集莫测的奥秘,
　　识读水、土、太空的
　　　　不可理解的符号,
造化的看不见的魔术
　　在你意识寡少的脑际
　　　　激发诵经的欲念。
你装成丑陋的模样冷嘲"恐怖",
　　急骤地擂击鼙鼓,
以磅礴的气势为自己壮胆,

以此战胜心头的惶恐。

唉，以浓荫遮面的女人，
　　浑浊的鄙夷的目光下，
你那黑色面纱后面的容貌
　　　鲜为人知。
他们拎着铁链手铐来了，
　　他们指甲的锋利甚于
你森林里的豹齿，
　　　他们是来逮人的，
他们的骄横比不见天日的丛林还要昏黑。
　　"文明"的野蛮的贪婪
　　　暴露了无耻的灭绝人性。
愁云惨雾笼罩的林径上
　　回荡着你的无声哭泣，
　　　你的血泪浸浊了泥土；
强盗们的钉靴蹂躏的荒凉土地
　　在你受辱的历史上
　　　留下永久的痕迹。

可是大海的彼岸，
　　他们村落的教堂里，
早晚响着礼拜的钟声和

对慈悲的上帝的祈祷；
　婴儿在母亲的怀中嬉笑，
　　　诗人的歌声抒发对美的追求。

当席卷西方地平线的风尘窒息了黄昏，
　　当野兽爬出秘窟，
用不祥的怪叫宣告一天的死期，
　　　脱颖而出吧，
划时代的诗人！
　　　　披一身夕阳的余晖，
站在失却贞操的女人的门口，
　　恳求说："请你宽恕！"——
让此话在充满杀气的叫嚣声中
　　成为你文明最后的祝福！

呼 吁
——致加拿大

喧嚣、肆虐的飓风
撞倒文明的高峰,
　　激怒了世界历史。
宗教凄惶地低下头,
历代圣哲创造的财富
　　被魔鬼踩得粉碎。
来吧,所有年轻的民族,
自由之战的宣言,庄严地宣读!
　　高举战无不胜的信仰大旗!
血迹斑斑的断裂的路上,
用生命架设桥梁,
　　战车飞越鹿寨,所向无敌!
威吓的蹂躏下万不可
忘记身份,丧失气节。
　　不可用伪善用花招构筑藏身的岩洞,
　　不可对顶天立地的英雄气概冷嘲热讽,
不可为保全自己的性命
在强者的脚下把弱者当牺牲供奉。

孟历 1400 年

距今一百年之后，
你是谁？捧着我的诗集，
　津津有味地朗读——
　距今一百年之后。
　今天新春早晨的
　一丝喜悦——
现时的一朵花，一片红霞，
　鸟儿的一支歌——
我不可能糅入我的情爱，
　送上你们的手，
距今一百年之后。

然而，你开启南门，
　坐在窗前，
凝望着天边沉浸于想象，
　心里仿佛看见——
　一百年前的一天，
鲜活的激情从天堂飘落

大地的心田——
新春的每一天无拘无束,
　　洒脱、豪放——
南风扑扇沾染馥郁花粉的
　　轻盈的翅膀——
突然光临,以青春的颜色
　　缤纷山川,
　　在你们的一百年之前。
那天一位清醒的诗人,豪情满怀,
　　心儿陶醉于恋歌——
他欲倾吐花一般的心语,
　　花一般的情感,
在一百年之前的一天。

　　距今一百年之后,
在你们的诗苑唱歌的是
　　哪一位新秀?
让我预先对他表示春天
　　美好的祝愿——
愿我的春曲在你的心律里,
　　在你绚丽的春天,
在新叶的簌簌声和蜜蜂的嗡嘤里
　　进行片时的演奏,
　　距今一百年之后。